Jean Echenoz

SEE

Aus dem Französischen
von Christiane Baumann
und Gisela Lerch

Klett-Cotta

1 Das Telefon hatte vielleicht zweimal geklingelt, Vito wußte, er würde nicht abnehmen. Wie jeden Tag beim Aufstehen zog er sein Bein vor der Hose an – vom Telefon war ohnehin nichts Gutes mehr zu erwarten, und wie dem auch sei, zunächst war sein Bein dran.

Die Prothese war nicht neu, und Vito Piranese hatte seit langem den Dreh gefunden: aus Gewohnheit schwangen sich die Riemen von selbst den Schnallen entgegen, ihre Eisen hatten die Senkrechte des Leders auf der richtigen Höhe mit einem schwarzen Strich markiert, und beim Schrillen des Telefons spießten sie sich auf den Dorn. Vito ließ sie in ihre Schlaufen gleiten, während er das vierte Klingelzeichen zählte. Beim fünften oder sechsten, räsonnierte er, legen die meisten Leute auf.

Als zehn, zwölf schrille Töne durch das beengte Zimmer gehallt waren, durchfuhr ein nervöses Zucken Vito Piraneses Züge, die sodann zu einer perplexen Landschaft erstarrten. Das Telefon machte sich auf herrische Weise breit, nahm in dem Appartement, das für zwei schon zu klein war, den ganzen Raum in Anspruch, die Klingelzeichen durchsägten ihn, überlagerten sich, waren durch das Echo wie mit Bindestrichen verbunden – und als fünfundzwanzig vorbeigezogen waren, hatte Vito begriffen, woher der Anruf kam.

Es würde jetzt nicht mehr enden, folglich ließ Vito sich Zeit. Er überprüfte alle Befestigungen des künstlichen Glieds, ließ den Finger unter die Schnallen gleiten und zentrierte jeden Gurt in der Vertiefung der richtigen Rille, während sich dreißig, vierzig Klingelzeichen ergossen, und von der Tapete widerhallten, die vor Fotos prallbusiger Blondinen strotzte. Beim fünfzigsten erhob sich Vito Piranese, marschierte ohne zu humpeln auf das Telefon zu, das auf dem Schrank neben dem Kocher stand. Der Schublade des Buffets entnahm er einen Kugelschreiber, dessen Spitze er startbereit auf einen karierten Block richtete, dann führte er den Hörer zum Ohr und sagte ja.

– Piranese? fragte eine Stimme.

Es war die gleiche Frauenstimme wie die anderen Male, mit einer gewissen Sanftheit, der man nicht widerspricht. Vito liebte es, sich die Besitzerin dieser Stimme vorzustellen, ihren vermutlich herrischen Charakter, ihren Körperbau, der sicherlich denjenigen verwandt war, die er auf die Tapete gekreuzigt hatte, große Platinblondinen mit knallroten Mündern, Elfenbeinzähnen und bronzenen Brüsten, denen man sich beruhigt beugt. Beim Ruf seines Namens wiederholte Vito folglich ja. Ich bin's, ja.

– Dreizehn, siebenundvierzig, vierzehn, artikulierte die Stimme. Ich wiederhole?

– Bitte, sagte Vito.

Sie wiederholte. Am Ende der Leitung war tatsächlich eine junge, große und blonde Frau, aber gepanzert mit einem strengen Kostüm. Sie saß hinter einem Schreibtisch, der mit Telefonen unterschiedlichster Tonlagen beladen war, einige der Tastatur beraubt, andere mit Knöpfen vollgepropft. In einem Schrank zu ihrer Rechten dösten einige Akten, aufgehängt wie Fledermäuse, und zu ihrer Linken, in Reichweite, stützten Beistelltische Telexgeräte, Telekopierer und Terminals. Beim Auflegen wandte sie sich einem gleichfalls großwüchsigen Mann zu, der in einem nachtblauen Anzug neben ihr stand, mit abwesenden Augen im dunklen Gesicht. Seit einigen Minuten heftete er einen zerstreuten, gleichwohl mit Lüsternheit zart durchflochtenen Blick auf die junge Frau. Nun, sagte sie, das wäre erledigt. Gut, meinte der Mann. Und jetzt sagen Sie bitte Bescheid, daß ich da bin. Sie hob einen anderen Apparat ab und kündigte Oberst Seck an.

– Gut, sagte sie, er erwartet sie. Der Oberst ging auf eine Doppeltür zu, klopfte, betrat ohne eine Antwort abzuwarten ein viel geräumigeres und längeres Zimmer, das seitlich mit Gemälden geschmückt war, klassischen Portraits großer Staatsdiener, und mit exotischen Objekten in Vitrinen, den offiziellen Geschenken ausländischer Amtskollegen. Am Ende dieses Zimmers ertrug ein Charles-dix-Schreibtisch die Ellbogen eines schmächtigen, über ein viereckiges Papier gebeugten Mannes mit einem Zigarettenstummel im Mundwinkel und einem wegen des Rauchfadens geschlossenen Auges. Keine Akte auf diesem Schreibtisch, nirgends ein Buch, nur zwei Bleistifte, rot und schwarz, und dieses weiße Viereck.

Nachdem er ihm einen Sessel zugewiesen hatte, streckte ihm der Mann ein Paket gelber Maryland-Gauloises entgegen, einer mittlerweile seltenen Marke: das sind Zigaretten, die man nicht einfach kaufen kann, die man in den Tabakläden bestellen muß, die, kurz gesagt, heutzutage keiner mehr raucht außer ihm, dessen perlgrauer, ein wenig fleckiger und nicht wenig ausgebeulter Anzug vermuten läßt, daß er ein Mann des Hintergrunds ist, von den Tribünen und Sprachrohren fern, für die Öffentlichkeit nicht zugänglich; niemand kennt seinen Namen. Dennoch, daß die Tabakindustrie weiterhin gelbe Gauloises ausschließlich für seinen Gebrauch produziert, vermittelt eine kleine Vorstellung von seiner Macht. Er zündete sich eine am Stummel der vorhergehenden an. Danke, sagte der Oberst, ich rauche meine Zigarren.

– Wie steht es, beunruhigte sich Maryland.

– Es ist alles in die Wege geleitet, sagte Oberst Seck, ich will nur sicherstellen, daß Chopin noch auf der Stelle ist. Ich werde es in einer Woche wissen, und dann ist es soweit. Es kann losgehen.

2 13, 47 und 14 also. Sich diese auf seinen Block notierten Zahlen zu merken, war ein Kinderspiel für Vito Piranese: siebenundvierzig ist sein Geburtsjahr, jeder erinnert sich an dreizehn, und vierzehn kommt gleich danach. Sobald er sie gespeichert hatte, verbrannte er die Daten im Spülbecken, zerstäubte mit dem Strahl ihre Asche, dann beseitigte er die gelben und braunen Streifen, die am Email hafteten. Dann erst zog er seine Hose über, sah auf die Uhr und suchte seine Tasche.

Zwei Stunden später zeigte sich Vito vor der Gare du Nord, mit ihrer Krone aus hohen, nachdenklichen Statuen, die inmitten des weißen Himmels, mit Togen bekleidet, angeblich ein paar Städte verkörpern, in denen man sich einen abfriert. Wie ein globetrottender Koffer mit einem Saatfeld aus Hotelaufklebern oder wie ein verlorengegangener Brief, der mit Stempeln übersät zurückkommt, fand sich das Wort *Nord* allenthalben in die Fassade eingraviert, in deren Mitte, über einer Kartusche, in der das Datum der Erbauung des Bahnhofs stand (1894), die Uhr auch die jeweilige Zeit angab (12 : 36). Vito mußte einen Augenblick warten, genau gegenüber, in der Bar Au Rendez-vous des Belges.

Um dreizehn Uhr stieg Vito also, den Instruktionen folgend, in einen Bus der Linie 47, die den Bahnhof mit dem Fort von Bicêtre verbindet, und bereitete sich auf den Austausch in Höhe der vierzehnten Station vor. Der Bus war fast leer, als er sich hinten links, dort, wo zwei Sitzbänke einander ansahen, an das Fenster und in Fahrtrichtung setzte. Auf den Sitz gegenüber stellte

Vito seine Tasche, eine Aktenmappe aus zerknittertem, gesottenem Material, Leder im letzten Stadium vor dem Übergang in Pappe. Jedesmal wenn er sich der Tasche bedienen mußte, hatte Vito sich gefragt, welchem armen fröstelnden und ungeliebten Tier fragiler Konstitution und aussterbender Gattung ein solches Material zuvor als Haut hatte dienen mögen.

Der 47er nahm sanft abschüssig den Boulevard Magenta, dann den Faubourg-Saint-Martin, nur wenige stiegen aus, noch weniger stiegen ein – ein pensionierter Friseur, eine ledige Mutter, zwei kamerunische Studenten. An klaren Tagen, bei geringem Verkehr, herrschte im Fahrzeug die beschauliche Atmosphäre einer Fotosafari, denn der Zeitpunkt war ideal, jede Art Lohnempfänger zu beobachten, die, auf den Bürgersteigen losgelassen, ihrer Nahrung nachjagen und mitunter hier auch ihre Paarungsparaden zelebrieren. Als man die Seine überquerte, unternahm der Stern mitten im Märzhimmel den bläßlichen Versuch, sich im Fluß zu spiegeln, bevor er gänzlich darin ertrank.

Als der Bus zu Füßen der Kathedrale hielt, setzte Vito seine durch diese Marsbeleuchtung keineswegs gerechtfertigte dunkle Brille auf, mit einem Seufzer nahmen die Türen zwei neue Fahrgäste in Empfang, junge Frau und hagerer Greis. Die junge Frau nahm das Kleingeld an sich, sagte dabei etwas zum Fahrer, dessen Lächeln glorreich explodierte und in den Rückspiegeln ein Loblied anstimmte, der hagere Greis indes peilte mit einer schmalen Mappe befrachtet die Mitte der Sitzreihen an und hielt sich dabei an den zu glatten Stangen und den zu hohen Griffen fest. Hinter seinen

Ray-Ban-Kopien sah ihn Vito Piranese näherkommen: mechanisch und knöcherig, Schal und bifokale Gläser deuteten auf einen ehemaligen Privatlehrer für Englisch hin, extrem erschöpft, zu nichts mehr fähig, und die aus der Frühzeit der allgemeinen Schulpflicht stammende Mappe, auch sie mit den Kräften am Ende, ertrug nichts mehr als nur ganz winzige Dinge, leichte Formulare der Krankenkasse und der Altersunterstützung, Rezepte oder Röntgenaufnahmen.

Er ließ sich Piranese gegenüber auf den Sitz fallen, stellte mit einer Hand auf seinem Plexus seine Mappe ab und holte Atem. Sein Hinterhaupt schlug beim schlecht gekuppelten Anfahren des Busses leicht gegen die Lehne, dann schloß er die Augen, die Lippen durch die gegenläufige Fahrtrichtung etwas verzerrt.

Nachdem der Bus an der Station Banquier auf amerikanisch gebremst, der Alte plötzlich mit den Augenlidern gezuckt, sich nach einem kurzen Zögern erhoben und hastig auf die Tür zubewegt hatte, sah ihn Vito noch die Avenue in Richtung Ambulatorium überqueren, die Tasche aus der Haut des ärmlichen Tiers ans untere Ende seines Arms gehängt. Dann hievte er die alte, treue Mappe auf seine Knie hoch, streichelte das laizistische Leder bis zur Place d'Italie, wo er in die Métro eintauchte. Von dort bis zu ihm nach Hause war es weit, aber direkt.

In sein Appartement zurückgekehrt, irgendwo in der Nähe von Laumière, studierte Vito Piranese den Inhalt der Mappe. Betippte, mandelgrüne Durchschläge teilten ihm die Namen und Vornamen mit (Chopin Franck, Eric, Georges), die Adresse (Avenue des Ternes) sowie den Tagesablauf des Individuums, das es sieben Tage zu überwachen galt, wobei Piraneses Aufgabe darin bestand, die geringste Abweichung von diesem Ablauf zu registrieren. Zwei Fotos zeigten einen ziemlich schlanken Mann mit hellem Haar, hellem Anzug, anscheinend etwas jünger als Piranese, das eine in Farbe präzisierte den Ton der gelben Haare und des hellgelben Anzugs. Man sah darauf besagten Franck Chopin am Steuer eines Coupés, eines Caddies, vor dem Hintergrund einer einsamen Bucht oder eines Einkaufszentrums. Vito betrachtete diese Fotos mit Neid, mit Gram, mit dem Bewußtsein seines Unglücks, doch am nächsten Nachmittag fand er sich auf einer Bank des Jardin des Plantes ein, nicht weit vom Hauptportal entfernt, in Erwartung des Individuums.

Piranese fröstelte, sein Körper war mürbe, sein Profil scharf, seine schwarzen Haare glänzten wie eine Perücke und seine schwarzen Augen als hätte er Fieber. Auf seinen Nieren sitzend, sein steifes Bein an seinem anderen Ende, betrachtete er argwöhnisch den Himmel und ballte die Fäuste in den Taschen seiner nicht ganz jahreszeitgemäßen Jacke.

Bevor er zu dem Beruf kam, dem er nun auf dieser Bank nachging, hatte Vito Piranese andere ausgeübt, Basketballtrainer bis zu seinem Unfall, dann Zwischenhändler für Nichteisen-Metalle, Kundenwerber bis zu Martines Weggang, schließlich Fotoretuscheur. Nirgends hatte er so richtig Erfolg, bis auf das eine Mal, als Retuscheur, als er wichtigen, diskreten Personen einen Dienst erwiesen hatte: man hatte sich für ihn interessiert. Es hatte zwei Unterredungen gegeben.

Jetzt, dank dieser seitdem nie wiedergesehenen Personen, beschattete Vito regelmäßig die Leute, die es nach dem ein für allemal festgelegten Protokoll zu beschatten galt, das nicht enden wollende Klingeln des Telefons und die drei Zahlen, der Bus, der Austausch der Mappen, nie der gleiche Bus, immer die gleichen Mappen seit Mata Hari. Und da dieser Ablauf zum Leben gerade genug einbrachte, gerade genug fürs Kino hin und wieder, für die Lektüre der Zeitungen, der Fernsehzeitschriften, widmete Vito den Rest seines Lebens dem Versuch, Martine zu vergessen.

Gewiß war da noch die Stellung als Chauffeur, die diese Personen ihm vage versprochen hatten, doch in Anbetracht seines Beins machte er sich keine allzu große Hoffnung. Und ohne große Nachsicht betrachtete er folglich den Himmel, mit kurzen Blicken in andere Richtungen: zu seiner Rechten stellte eine Statue von Emmanuel Frémiet eine Bärin dar, die gerade einen Mann aus der Eisenzeit vernichtete; hinter ihm schmiegte sich sein Wagen, ein kleiner, purpurroter Ford-Automatik, zwischen zwei riesige, luxemburgische, königsblaue Doppeldecker; zur Linken wurde das mit Tigern und Hummern, mit Skarabäen und Salamandern verzierte Portal des Museums für Naturgeschichte von einem steinernen Adler überragt, der einen langen Blick auf die Gare d'Austerlitz warf.

Als sich das Portal des Museums vor dem hellgelben Anzug öffnete, erhob sich Vito, um dem darin enthaltenen Mann zum Ausgang des Parks vorauszueilen. Beim Verlassen seines Labors müßte Chopin an der Bronze von Barbedienne vorbeikommen, die, als Bild im Bild, Emmanuel Frémiet beim Meißeln der menschenmordenden Bärin darstellt, und dann zu seinem Wagen gehen, einem blassen, deutschen, karossierten Karmann-Ghia-Coupé. Aus dem Innern des kleinen Fords fotografierte Vito den in sein Coupé steigenden Chopin, dann manövrierte er, um sich in Startposition zu versetzen.

Der Karmann-Ghia fuhr Richtung Westen das linke Ufer des Flusses entlang, gefolgt von dem purpurnen Ford, dessen Autoradio nur zwei oder drei Sender auf Mittelwelle empfing. Beim Versuch, es einzustellen, rief Vito sich methodisch Chopins vermutlichen Tagesablauf in Erinnerung. Er war ruhig und konzentriert, zu Füßen einer roten Ampel jedoch, als Chopin sich anschickte, über die Pont de l'Alma zu fahren, trieb ein Chanson, das Martine geliebt hatte, Vito plötzlich zehn Tränen in die Augen, und am anderen Ufer strömte es noch immer.

3 Wenn es auf den Champs-Elysées in Strömen regnet, suchen die Männer, die ein wenig Zeit haben, eine trockene Ecke, und warten, bis es vorbei ist. Bushäuschen, Einkaufspassagen, Kinoeingänge und Marquisen sind ihre Unterschlüpfe. Seit langem sind einige Hersteller von Luxusautomobilen auf den Champs-Elysées seßhaft geworden, und in den Ausstellungshallen parken ihre letzten Prototypen, auf neuen Reifen aufgerichtet, wilde Tiere, in jähem Innehalten gemeißelt, sehr teure Modelle, die sich die Männer, die genug Zeit haben, um hier Zuflucht zu suchen und um sie herumzugehen, nie werden leisten können.

Wie Opale in ihrem Schmuckkästchen schillern unter den Hauben die Motorblöcke, die zwölf Zylinder in V-Form, die hydraulischen Türöffner, die vertikalen, doppelten Fallstromvergaser. Die Männer gehen schweigend umher, wagen kaum anzufassen, und vergleichen, sind sie zu zweit oder dritt, mit leiser Stimme die Optionen unter den Sekurit-Windschutzscheiben, öffnen halb verwegen eine Tür, trauen sich kaum noch, sie zu schließen. Aber in den Hallen finden sich auch elegante junge Männer, mit Leib und Seele der Mutterfirma ergeben, die vor allem dazu da sind, die explosiven Hostessen mit den aufreizenden Wimpern zu umwerben und lässig jede vorstehende Tür zuzuschlagen. Dieses Zuschlagen erzeugt einen perfekten Akkord, ölig und in Dur, wie leerklingende Klappen eines neuen Tenorsaxophons, und die Männer, die um diese Prototypen herumgehen, bewundern den Klang, hegen jedoch keine Sympathie für diese jungen Leute.

Auf der Schwelle von Mercedes sieht man genau, daß der Regen sich beruhigt hat, denn draußen taucht die Welt wieder auf in Gestalt von Dutzenden, Hunderten Silhouetten, dazu die Tausende, die man rundum ahnt, darunter auch diejenige von Franck Chopin, noch immer mit seinem blassen Anzug bekleidet, den man unter dem marineblauen Regenmantel nicht sieht. Über ihm, im tiefen sich aufklarenden Himmel, hängen wie Schläuche zwei dicke, zinkene Wolken, aus denen einige kleine, flüchtige aus reiner Baumwolle entwichen zu sein scheinen.

Chopin, der von seiner Wohnung kam, ging die Champs-Elysées hinunter, mit einer kleinen Schachtel in einer Tasche seines Regenmantels, einem kleinen Käfig aus geflochtenem Draht, der eine lebende Fliege enthielt. Nach dem Rond-Point entrollt sich als grüner Teppich die baumbewachsene Zone dieser Avenue, gesäumt von breiten Bürgersteigen, die sich zu Grünanlagen erweitern. Auf einer Bank der ersten Grünanlage sitzt ein junges Mädchen auf den Knien eines jungen Mannes, es lacht schallend, man wird nie wissen weshalb; auf den Bänken der folgenden nehmen einige aufgereihte Teilzeitarbeiter diskrete Joghurts ein. Obwohl unkenntlich zwischen den Silhouetten, ist Vito Piranese sicherlich nicht weit entfernt. Eine Woche nun, die er Chopin überwacht: jeden Abend zirpt zur gleichen Stunde das Telefon, es ist die große Blondine, der Vito ausführlich über Chopins Tag Bericht erstattet: jedesmal nichts Anormales, was den vorgesehenen Tagesablauf betrifft. Es ist der letzte Tag der Beschattung, und Vito ist darüber erleichtert – auch wenn es immer dasselbe ist, man hängt doch an den Kunden. Chopin geht weiter in Richtung Concorde. Ein letztes Mal wringt der Himmel sich aus.

Vom Bürgersteig aus hatten sich Reisende aus Wisconsin oder Schleswig-Holstein bis in die Mitte der Avenue gewagt: eingezwängt zwischen die gegenläufigen Fahrzeugströme fotografierten sie sich in der Achse des Arc de Triomphe, der in der Ferne träge seine Schutznetze und seine riesige Fahne schwenkte. In Richtung Elysée-Palast brandete eine Art kurzer, offizieller Konvoi, wirbelte schnellebig wie der Regenschauer einen Strudel aus Pfiffen und Sirenen auf, und fegte den Asphalt leer, indem er für einen Augenblick die Fußgänger an seine Ufer zurückdrängte. Chopin betrachtete alles, die Frauen und die Autos, die ihm so viel Kummer bereiten, aber auch den offiziellen Konvoi.

Die zehnte junge Frau nach dem Rond-Point, die ihm auf der Avenue entgegenkommen wird, diejenige, die vor dem sterbenden Regenschauer durch ein polychromes Kopftuch aus Acryl geschützt wird, dessen Motive ein Kunststück Tarzans kurz zusammenfassen, Chopin wird sie betrachten wie alle anderen – aber kaum haben sich ihre Blicke gekreuzt, heften sie sich fest und lassen sich nicht mehr los, werden zu einem einzigen Blick, der lange anhält und sie umhüllt, erwärmt, Chopin ist sehr gerührt, Liebe auf den ersten Blick, still steht der Atem, es wallt der Blutdruck, o weh, mein Herz zerreißt, o weh, ich bin zerbrochen. Vorbei ist sie, noch funkelnder als die explosivste Hostesse von Maserati.

Da sich all dies mit Lichtgeschwindigkeit ereignete, da dieser Blick die potenzierte Kraft eines schockhaften Eindringens hatte, ist Chopin für einen Augenblick wie vor den Kopf gestoßen, seines gesamten Denkvermögens beraubt, und als er sich umdreht, ist sie nicht mehr da. Folglich wird er unter anderen Umständen Suzy Clairs Bekanntschaft machen.

Drei Tage später, eine Party bei Bloch, nicht schlecht besucht. Neben den Bleichgesichtern aus dem Labor auch ihre Gattinnen, einige Frauen, die im großen und ganzen nicht übel sind, aber die meisten nur im großen und ganzen, eine überwiegende Mehrheit, die Chopin unbekannt ist, darunter drei Werbefachleute, zwei Radiologen aus Douai, ein Professor für Allgemeinbildung von der Kunsthochschule und wieder zwei oder drei kamerunische Studenten. Auf dem grünen Sofa war Chopin gerade dabei, Bloch zu trösten, der auch dieses Jahr wieder nicht in die Aufnahmejury aufgenommen worden war – als er sah, daß auch sie wieder da war, neben dem Champagnerfundus stehend, allein und in ein ebenfalls grünes, sehr schulterbetontes, schräg aufziehbares Ding gekleidet.

Und andererseits ist das bei der Gewerkschaft ganz normal, seufzte Bloch und malträtierte dabei einen Cravenfilter, du erinnerst dich doch an die Folgen des Antrags von Fluchaire. Chopin aber war aufgestanden, auf Suzy Clair zugegangen, ohne vorab zu denken, mit leerem Kopf und dreifach geschwelltem Herzen sagte er sich mechanisch immer wieder, daß das ganz normal ist.

Obwohl es ein Einstieg in die Materie hätte sein

können, nein, mit keinem Wort knüpften sie an ihrem Blick auf den Champs-Elysées an: sie fingen bei Null an. Fragten sich, einfach so, wie viele gemeinsame Freunde sie hier bei Bloch zusammenbrachten: null. Tauschten ihre Namen aus, einige Ansichten über ihr Leben, einige Anhaltspunkte zu ihren Besitzverhältnissen. Chopin beäugte Suzy Clair ziemlich hemmungslos, schweifte kurz vor ihren Augen zu ihren Schultern ab, sprang von ihrer Brust zu ihrem linken Ringfinger, der ringlos war, obwohl zu ihren Besitzverhältnissen, wie sie ihm gerade erklärte, namentlich ein Gatte gehörte, der im Auswärtigen Amt tätig war und auf den Vornamen Oswald hörte. Gut. Bei mir, sagte Chopin, sind es die Fliegen.

Da sie lächelte, erzählte er ihr von einigen Fliegen, die er studierte, die Braunen, Rotblonden, Roten, Orangefarbenen und Violetten, die Glasigen und die Eisenhaltigen mit den gelben Knien, mit grünem oder stechend blauem Auge, und von dem, was lustig ist an ihren Sitten. Und da sie auch noch bereit war, über seine mit einem winzigen Elefanten bestickte Krawatte zu lächeln, war es für Chopin ein leichtes, gleich noch an die Gewohnheiten der Elefanten anzuknüpfen, derjenigen, die die Alpen überschritten oder zu Fuß die Rue Saint-Denis hinuntergingen, derjenigen, deren Stoßzähne man in Dieppe meißelte, als er noch ein Jugendlicher war.

Suzy Clairs Kindheit, als sie noch lediglich Suzy Moreno war, das war Blois. Blois war jetzt nur noch eine kleine überbelichtete Erinnerung in schwarzweiß, obwohl Suzy sehr jung zur suburbanen Prinzessin geworden war: nichts wurde ohne sie entschieden, ob auf den Parkplätzen, in den Tiefgeschossen der Hochhäuser, am Fluß oder am Flipper.

All das würde natürlich nicht in einem Zug erzählt werden, sondern in Episoden ohne Chronologie, im Verlauf dreier Rendezvous in einer Woche. Am Sonntag zunächst im Kino, einer neben dem anderen, reglos im Dunkel, das von schillernden Farben und fiebrigen Geigen durchfegt wurde. Am Donnerstag dann, bei ihm, umschlangen sie sich bewundernd, in kleinen Kräuselungen erschauernd, wie es auf der Oberfläche des Wassers geschieht. Aber am Sonntag danach, im Shakespeare-Garten von Pré-Catelan, fing Suzy an, ihre Nägel zu betrachten und sagte, daß es vielleicht besser wäre, sich nicht mehr zu sehen. Gut. Ich, sagte Chopin, finde das nicht.

Nicht weit entfernt machten sich, wie marineblaue Gespenster, gebückte Gärtner am Kopfende des Heidekorridors zu schaffen, der an Macbeth erinnern sollte. Gut, sagte Chopin besänftigend, was gibt es denn. Dein Mann? Sie zuckte die Achseln und gab zu verstehen, daß es das nicht sei. Ein Augenblick, den eine Amsel zum Vorsingen nutzt. Den Kopf gesenkt, geht Chopin um die junge Frau herum, beobachtet sich im Vorbeigehen in den kleinen, rautenförmigen Spiegeln, die an ihren Ohren befestigt sind, kickt gegen die Knäuel des Farnkrauts und schleicht um die Schleier des Hexenrauchs, während Suzy ihm erzählt, was mit Oswald geschehen ist.

4 Als Suzy ihm begegnet war, besaß Oswald nur ein schwarzes Motorrad, auf dessen Sozi sie sofort gestiegen war, dann waren sie durch die ganze Stadt gefahren, fast die ganze Nacht. Die kalte Luft ließ aus Oswalds Augen heiße Tränen quellen, die über die Schläfen rollten und zwischen den Lippen von Suzy, die sich an ihn drückte, verschwanden. Einige Gläser in einer spät noch offenen Bar hatten sie nicht abgekühlt, und einige Monate später wurde ihr Sohn Jim geboren. Nach drei raschen, innerstädtischen Umzügen ersetzte Oswald das Motorrad durch einen Kombi und die Hauptstadt durch einen Vorort.

Das war vor sechs Jahren, Jim war noch keine sechs Monate alt, sie waren in einer frisch erbauten Siedlung gelandet, im Herzen einer neuen Stadt im Südosten von Paris. Das Auswärtige Amt nötigte Oswald ziemlich oft zu verreisen, meistens für zwei oder drei Tage nach Genf. Jedesmal stieg er im gleichen Hotel mit den gleichförmigen Zimmern ab, rief Suzy gleich bei der Ankunft an, schrieb ihr am nächsten Tag eine Ansichtskarte auf den offenen Akten, die vor Statistiken, Diagrammen und Tabellen überquollen.

Im Winter sah Oswald, sobald er seine Karte geschrieben hatte, durch das Hotelfenster auf die blaßfarbenen Oberleitungsbusse, die mit einem Filzgeräusch auf der vom Schneepflug festgelegten Fahrbahn fuhren. Alles erschien gedämpft, schallisoliert, als erklärten die kleinen Schülersilhouetten mit den grellen Anoraks auf dem schmutzigweißen Bürgersteig den Ohren der Welt eine Schlacht mit Oropaxbällchen. Der Text auf der Rückseite der Ansichtskarte war immer kurz, persönlich, affektiv (ich küsse Dich auf die gleiche Stelle wie am Dienstag) oder informativ (das Zimmermädchen ist eine Doppelgängerin von Dorothée), die Vorderseite zeigte den Genfer See zu jeder Jahreszeit oder auch die Fassade des Hotels, am Standort des Fensters mit einem Nadelstich durchlöchert. Diese Karten kamen fast immer erst nach Oswalds Rückkehr an.

Während des strengen Winters, in dessen Verlauf Jim, in einem doppelten Sieg, zu laufen und das Adverb nein auszusprechen begann, mußte sich Oswald häufiger an diesen See begeben. Bei einer dieser Abwesenheiten fror es genügend, um Dachrinnen und Leitungen platzen zu lassen, das Eis stützte das Kranzgesims mit marmorierten, von Stalaktiten gesäumten Karyatiden, und kein Anruf, keine Karte kamen dieses Mal aus Genf. Bei seiner Rückkehr kündigte Oswald an, daß diese Reise die letzte gewesen sei, daß er sich nun nicht mehr in die Schweiz begeben müsse. Er hatte bei dieser Gelegenheit seiner Gattin zwei kleine, auf Manschettenknöpfe montierte Kompasse mitgebracht, die unter dem bauchigen Glas tatsächlich den Norden anzeigten; während Suzy nach einer Bluse suchte, um sie gleich an ihren Handgelenken anzubringen, schlug Oswald, dem Fenster zugewandt, einen Umzug vor. Das Pensum an Genfer Tagungen war erfüllt, er müßte sich nunmehr häufiger ins Ministerium begeben, es wäre vielleicht einfacher, nach Paris zurückzukehren, außerdem habe ich die Nase voll von hier, was meinst du?

Sie erfuhren sehr bald von einer Wohnung mit

halbwegs passender Fläche und Lage im Norden von Paris, auf der Grenzlinie, die das schlechte vom guten siebzehnten Arrondissement trennt. Die Fenster auf der Straßenseite würden die breite Schneise überragen, in der die Züge der Gare Saint-Lazare hin- und herfahren, und die zum Hof hin gingen auf zwei Fabriken hinaus, die eine für Spiegel, die andere, für was auch immer, würde aus ihrem Schornstein unablässig einen dichten, spindelförmigen, sehr weißen Rauch ausstoßen.

Ein paar Tage später fanden sich folglich ihre Grünpflanzen und ihre Möbel auf dem Bürgersteig zusammengepfercht, wo sie sich, beunruhigt über diesen Aufbruch ins Unbekannte, sonderbar ansahen, und mit den Bücher- und Kleiderkisten in einen flaschengrünen Laster gehievt wurden, an dessen Flanken ein aufgemalter, hellgrüner Gepard Schnelligkeit signalisierte. Für den Transport der kostbaren Besitztümer – sechs Gemälde, zwölf Schmuckstücke, ein überempfindliches Kristallservice und die Katze – lieh ihnen die Nachbarin von oben namens Jacqueline Monteil ihr Auto, einen bodenständigen Fiat, den sie selten benutzte: Suzy würde als Kundschafterin vorausfahren, mit Jim auf dem Rücksitz des Fiats in seinem Baby-Relax festgezurrt. Oswald würde ihnen nachfolgen, sobald die Akten im Kombi verstaut wären.

Alle Arten von Akten: mit Gurt, Gummi oder Band, Ringen oder Haken, mit einer Spirale oder Klammern gebunden, ein eingestanztes Loch im Rücken ermöglichte es bei einigen, sie mit einem Finger herauszuziehen. Alphabetisch und blau oder beige hatten sie, steil und stets doppelreihig, in Oswald Clairs Büro drei Wände bis zur Decke beschlagnahmt. Oswald hatte sie gerade von A bis D im vorderen Teil des Wagens gestapelt, und die Hände in die Hüften gestützt fragte er sich nun, ob es schon die R oder erst die W wären, die die Heckklappe am Schließen hindern würden. Suzy gab ihm beim Losfahren mit den Lippen ein Zeichen, Jim schwenkte seine um eine einbeinige Puppe geballte Faust, Oswald hob mit dem abwesenden Lächeln eines Kurzsichtigen eine zerstreute Hand in ihre Richtung.

Suzy Clair glaubte somit, zum letzten Mal die Vororte zu durchqueren, als sie in Richtung Autobahn an Créteil-Soleil entlangfuhr. Zu ihrer Rechten defilierten Festmeter des Walds von Vincennes vorbei, zu ihrer Linken Hektoliter Marne, dann Seine, Jim war fast auf der Stelle eingeschlafen. Als Suzy sich auf ihrem Sitz reckte, um im Rückspiegel nach ihrem Sohn zu sehen, und der Gurt etwas tiefer zwischen ihre Brüste einschnitt, erinnerte sie sich an sich selbst, wie sie auf dem Rücksitz des beigen und bordeauxfarbenen Aronde saß, sonntags, wenn ihre nervösen Eltern um Blois herumfuhren, um Luft zu schnappen; sie rechnete aus, daß Jim in frühestens vier oder fünf Jahren anfangen würde, alle fünf Minuten zu fragen, wann wir denn da sind. Eine siegreiche Austerlitzsonne schien über der Rue de Rome, als Suzy den Fiat an den Gittern parkte, die die Eisenbahnschneise begrenzen. Der Laster hielt bereits vor dem neuen Haus, die Männer mit dem grünen Geparden kamen und gingen, jeder unter seinem Gegenstand, und für den Aufstieg mit schweren Möbeln schlossen sie sich zusammen.

Da er sehr wenig bekannte Verwandte hatte, verfügte Oswald über keinerlei Möbelerbe, und auf Suzys Seite gab es, aus der Metzgerei eines Onkels, einzig eine große Korbtruhe, die zum Nachttisch befördert worden war: nach dem spröden Universum der Sägespäne und der Kälte, der fettigen Fliesen, ohne andere Perspektive als ein ganzes Gegenstandsleben lang Tücher und blutige Messer zu enthalten, führte diese Truhe jetzt ein warmes, unverhofftes Rentnerdasein, vollgestopft mit bequemer Winterkleidung aus Pelz und Kaschmir, aus Angora, und nun hob man sie hoch, auf Menschenrücken, in die Höhen der Rue de Rome. Oswald und Suzy hatten folglich, bis auf diese eine Ausnahme, alle ihre Möbel, die meist im ersten Drittel des Jahrhunderts entworfen waren, gemeinsam gekauft – die Kopie eines Sessels von Marcel Breuer, eines Regals von Eugène Schoen oder eines Schreibtisches von René Prou, die Nachbildung einer Lampe von Edouard-Wilfrid Burquet, das war der Geschmack der Clairs.

Suzy setzte Jim in das größte Zimmer, in der Mitte der Wohnung, auf eine mit Decken umsäumte rollende Vorrichtung, in Gesellschaft von Plüschtieren und Gummigegenständen: der kleine Junge konnte von hier aus sehr gut die ganze Arbeit der Möbelpacker beobachten. Dann ging sie durch die Wohnung. Als die Muskelpakete kamen und sanft fragten, Madame, wo tun wir das hin, lächelte sie und zuckte die Augenbrauen, die Achseln. Und als sie fast zu Ende waren, vertraute sie ihnen für einige Augenblicke das Kind an, sie beugten sich als beruhigender Bogen über den

Laufstuhl, während Suzy hinunterging, um Bier zu holen. Sie lief eine Weile durch das Viertel, bis sie einen arabischen Notlebensmittelladen fand, ein ganz junges Mädchen war hinter der Kasse, Suzy hatte Lust, ihr einen Kuß zu geben, dann kehrte sie auf einem anderen Weg zurück, sie lief schnell, sie ging geradeaus, sie schaute sich überall um, den Pack fest in ihre Arme geschlossen.

Sobald die grünen Geparden durstgestillt zum Laster stoben, auf ihre Sitze hüpften, losfuhren und dabei die Luft zwischen ihren Zähnen pfeifen ließen, stellte Suzy zwei Stühle um einen Tisch, setzte Jim mit Filzstiften dorthin und begann wieder, durch die Wohnung zu laufen. Während er sich einen Keks durch die Nase einverleibte, machte sich Jim sofort daran, das Wachs des Tisches mit dem schlechten Ende des grünen Filzstiftes zu gravieren, Suzy kam gelegentlich vorbei, lieh sich das Rot bei ihm aus, um einen Plan zu entwerfen, eine Idee für ein Zimmer oder die Skizze für die Küche zu notieren. Dann erst, als das Kind eine gewisse Ungeduld an den Tag legte, die Teilchen eines allzu abstrakten Puzzles um sich verstreute, merkte sie, daß sie ihren Mantel nicht ausgezogen hatte, und von da an begann sie, von Zeit zu Zeit auf die Uhr zu schauen.

Bei der Ankunft hatte sie zwar den Heizkessel angeschaltet, aber die umgebende Luft blieb frisch eingezogen, und die anfängliche Lauheit klang hohl zwischen den Schonbezügen, den Kisten, den noch im Transit befindlichen Möbeln. Suzy zog ihren Mantel aus, dann Jim den Blouson, der bis über die Ohren verschlossen geblieben war, sie schloß das Radio an, schaltete ein, ließ zwei Sekunden zwei oder drei Sender laufen, schaltete aus. Der Abend brach herein, sie knipste zwei Lampen an, eine banale und die Wagenfeld, dann erinnerte sie sich des Telefons, wie man sich eines entlaufenen Tiers entsinnt: der Apparat kauerte tatsächlich in der dunkelsten Ecke eines der Zimmer, durch seine Schnur mit der Wand verbunden wie der ausgesetzte Hund im Sommer durch seine Leine mit dem Pfahl.

Dann ist es Nacht, alle Lampen sind an, Jim ist gefüttert und schläft in einem Entwurf seines Zimmers, Suzy ist nur noch am Telefonieren. Sie ruft überall an, die alte Wohnung, unablässig, wo niemand antwortet, Jacqueline Monteil, die nicht die leiseste Ahnung hat, aber auch ihren Bruder Jo, ihre Freundin Blanche und selbst einen Typ namens Horst, der mehr oder weniger ihr Agent oder ihr Galan war, als Suzy für Fotos posierte, bevor sie Oswald begegnete. Sie zögert, sie ruft das Ministerium an, aber dort ist um diese Zeit niemand mehr, nur ein Posten, der weder etwas wissen will, noch etwas wissen kann. Sie erinnert sich an einen von Oswalds Kollegen, dessen Gattin sich beim Abschiedsessen des Wiener Kongresses unglaublich betrunken hatte, sie ruft bei ihnen an, aber auch der Kollege weiß nichts, man kann ihn sich gut in seinem Zimmer vorstellen, mit seinem Morgenrock, mit seiner Frau auf Kur in Saint-Amand-les-Eaux. Es ist spät, Suzy hört auf zu telefonieren, sie läßt den Apparat aufatmen, vielleicht versucht Oswald seinerseits anzurufen.

Als ihr Bruder Jo eine Stunde später kommt, blättert Suzy abwesenden Blicks in den gelben Seiten des Telefonbuchs. Auf Jo wird die Aufgabe zukommen, die ganze Nacht über vergeblich die Krankenhäuser und die Polizeireviere anzurufen. Wie gewöhnlich schläft Suzy schlecht. Am nächsten Morgen ruft sie erneut das Ministerium an und verlangt Oswalds Sekretär oder seine rechte Hand, seinen Assistenten, einen Mitarbeiter, irgendwas, irgend etwas in dieser Richtung. Man verbindet sie mit jemandem, der sie mit jemand anderem verbindet, man reicht sie an ein halbes Dutzend Stellen weiter, zwei oder drei sind immer besetzt. Zu guter Letzt erscheint es unmöglich, im ganzen Apparat auch nur irgendetwas dergleichen zu finden, die Polizei jedoch meldet sich von selbst, nachdem Suzy das Ministerium angerufen hat.

Die Polizisten wirken nicht sehr zielstrebig. Sie kommen zu Suzy, Suzy geht zu ihnen. In den darauffolgenden Tagen kommen sie wieder zu ihr, sie geht wieder zu ihnen, es zieht sich hin, nichts findet sich. Oswald hat sich verflüchtigt, ohne die geringste Spur zu hinterlassen, wie ein gewöhnlicher Kieselstein, der in den Ozean fällt, nachts, und niemand ist da, seinen unmerklichen Fall in das Tosen der schwarzen Gewässer, sein nichtiges Plätschern im Gedröhn zu bezeugen, es ist, als sei nie etwas geschehen. Und von da an wird nichts mehr geschehen bis auf den Anruf eines Tankwarts aus Villejuif, acht Tage nach dem Umzug. Dieser Mann wird erzählen, daß man bei ihm einen Kombi abgestellt habe, vor der Garage, letzte Woche, nichts darin bis auf einen Umschlag im Handschuhfach mit

Schlüsseln und Wagenpapieren, dazu die Parkgebühren für eine Woche und die Adresse einer Madame Clair, Paris, im Siebzehnten, und was soll er jetzt mit diesem Wagen tun? Dann absolut nichts mehr, und seitdem sind sechs Jahre vergangen.

5 Nachdem sie den Shakespeare-Garten verlassen hatten, durchquerten sie den Bois de Boulogne, der Karmann-Ghia rollte im grünen Schatten dahin, das Autoradio spielte Nat King Cole und Suzy sprach noch immer von Oswald. Er war folglich, genau wie Chopin, Mitarbeiter eines Apparats, in dem man Phänomene beschreibt, Hypothesen erstellt und Gesetzmäßigkeiten entdeckt, nur daß sich Chopin mit den Sitten der Fliegen beschäftigt, während es bei Clair die Blockpolitik war. Chopin, ein Mann des Takts und der Wissenschaft, war von aufmerksamer Zugewandtheit für alles, was Suzy über ihren Gatten sagte, so gründlich als handelte es sich um einen neuen Typus von Aphaniptera; skrupulös klammerte er sich an sein Gewissen, um sich nicht zu sehr zu sagen, er soll mich mal, dieser Typ.

Rue de Rome, das Kind war übers Wochenende in Blois, und Suzy schlug vor, Tee zu machen. Danach rede ich nicht mehr davon, sagte sie, aber sie kam aus ihrem Schlafzimmer mit einer großen, flachen Schachtel zurück, die sie öffnete: kleine Automatenfotos schwammen auf einem Bett von Aufnahmen.

Private Aufnahmen, Hochzeit im Rathaus des IV. Arrondissements, Suzy zeigte ihren Vater auf dem Bild, einen kleinen, mürben Mann, mit von fünfundvierzig Jahren Lederverarbeitung getrübten Augen. Professionelle Aufnahmen, aus Anlaß einer Konferenz oder eines Kongresses im Ausland, beim Kolloquium in Eisenstadt zum Beispiel befindet sich Oswald oben rechts, zwischen der Professorin Ilona Swarcz und dem Militärattaché Asher Padeh; in der ersten Reihe lächeln die Delegierten Veber und Ghiglion. Gewissermaßen kombinierte Fotos, da Suzy ihren Gatten oft begleitete, wenn die Kolloquien in richtig warmen Ländern stattfanden: am Rande der Tagung in Bogota sieht man sie beide, eingezwängt hinter den Tisch eines Restaurants, unter dem Objektiv eines Ambulanten, Suzy blinzelt unter dem tropischen Blitzlicht, das sich rücksichtslos in einem von Oswalds Brillengläsern spiegelt.

Oswald Clair wirkte, auf welchem Foto auch immer, nie sehr erfreut darüber, zwischen dessen Rändern festgebannt zu werden, man hatte den Eindruck, als winde er sich immer etwas aus dem Rahmen heraus, als werde er ins Umfeld hinausgesogen. Und ganz auf dem Grund der flachen Schachtel, von den kanadischen Behörden anläßlich einer Dienstreise nach Vancouver erstellt, machte eine zweisprachige Identitätsbescheinigung einige Angaben zu seiner Person (5 Fuß 9 Zoll, 139 Pfund; Kennzeichen, Narben, Tätowierungen, Mißbildungen: keine), samt einem simultanen Eindruck seiner zehn Finger (sollte einer der Abdrücke nicht aufgedruckt sein, mutmaßte ein blauer Vermerk, geben Sie an, weshalb. Sofern eine Amputation vorliegt, erörterte der Vermerk, geben Sie das Datum an).

Kurz danach gingen sie in Suzys Schlafzimmer, sprachen nun ganz und gar nicht über Oswald, dann kehrte Suzy in die Küche zurück, um endlich diesen Tee zuzubereiten. Vom Schlafzimmer aus hörte Chopin aus der Ferne, wie sie sich betätigte, Pizzicato der Utensilien und Gurgeln des kochenden Wassers, und schaute dabei die Bilder an den Wänden an, einen Meereshafen von Joseph Vernet, einen Paragraphen von Saul Steinberg, mit Reißzwecken über dem Schreibtisch festgemacht. Und auf der gegenüberliegenden Wand, Außenaufnahme, Tag, posierten 1925 auf einem sepiafarbenen Teppich dreiundvierzig Maharadschahs anläßlich des Jubiläums von Kapurthala. Die Fotografie begann damals Farbe anzunehmen: Von einigen Stellen abgesehen, einem Blaßrosa, einem primitiven Blaßgrün, so etwas wie einem Gelb, einem sogenannten Braun, hätte man sie für schwarz und weiß halten können, über dem großen Bett dort, mit seinem Zitronen-Erdbeer-Überzug, der jetzt ganz zerknittert und etwas geschmolzen war unter der Umklammerung der Personen.

6 Am übernächsten Morgen war die Sonne beispielhaft: die Hochdruckzone, die den Weg zu den depressiven Zuständen durchkreuzte, leistete ausgezeichnete Arbeit. Chopin hatte sich gerade eine Krawatte ausgesucht, ohne Motive, das Grau nur leicht von einem sehr feinen, blauen Streifen durchkreuzt. Sobald sie geknotet war, schickte er sich an auszugehen, er machte einen Umweg zur Küche, dann zu seiner Zucht.

Die Fliegen waren in einem Gestell aus Plexiglas untergebracht, welches mit einem Thermostat, einem Thermometer und einem hygrometrischen Anzeiger ausgerüstet war. Im Innern dieses Gestells enthielt ein Glaskubus Nymphen, die auf einem Bett aus Sägespänen lagen, und im anderen Kubus aus feinem Drahtgeflecht schnitten sich die Flüge der ausgeschlüpften Insekten. Zwei von ihnen hatten gerade Sympathie für einander bekundet, für Chopin eine willkommene Gelegenheit, einen kurzen Koitus unter die Lupe zu nehmen, bevor er dem Paar eine Schwartenkrume zuwarf.

Er verfügte frei über seine Zeit, brauchte über seine Arbeit im Museum keine Rechenschaft abzulegen, war höchstens zu zwei oder drei Artikeln pro Jahr verpflichtet. Kein Stundenplan, da keine Frau in seinem Leben, da immer unentschieden, da Carole immer etwas zu viel war, was Marianne nie genug sein würde. Im Fahrstuhl hatte eine Hand, die viel entschiedener war als Chopin, *Nacera, ich liebe dich,* in großen, roten, fiebrigen Buchstaben neben die numerierten Knöpfe geschrieben, so daß die Bewidmete es nicht übersehen konnte, auch wenn es nicht signiert war, würde sich

Nacera sicher ihr Teil denken. Chopin drückte auf den unteren Knopf. Das Erdgeschoß: das Gitter des Fahrstuhls, drei Stufen, die Glastür, der mit Briefkästen gesäumte Eingang und das Portal.

Die Post: normalerweise eine Broschüre, eine Rechnung, weniger häufig ein handschriftlicher Brief. Und fast jeden Tag zwei oder drei Prospekte, an seinen Namen adressiert, sofern er sich versehentlich in irgendeinen Verteiler verstrickt, im Netz einer Kartei verfangen hatte. Die meisten Mieter werfen diese Traktate blindlings in den großen Gemeinschaftskasten, andere werfen gerade einmal einen Blick darauf. Aus Gewohnheit und aus Prinzip liest Chopin sie alle, während er das Papier zwischen seinen Fingern wie einen Stoff betastet.

Von einer Ansichtskarte und dem Katalog einer Fachbuchhandlung in Zürich einmal abgesehen, beziehen sich die Angebote des Tages auf einen Junggesellenklub, einen Klempner, das dritte, das aus einem Reisebüro hervorgegangen ist, suggeriert für die schönen Tage eine adriatische Kreuzfahrt von Otranto nach Venedig mit Zwischenlandung in Rimini. Reizendes Rimini, voller Offenbarungen, sagt der Prospekt. Großer Gott, denkt Chopin.

Ein kleines Mädchen hat gerade mit Mühe das Eingangsportal des Gebäudes aufgestoßen, rennend durchquert sie die Halle, eilt durch das Treppenhaus, ihre Schritte klingen wie der geschmeidige Aufprall eines jungen Affen in einem Baobab, aber Chopin hat nichts gehört: er begutachtet noch immer den Prospekt. Er faltet ihn doppelt und steckt ihn in eine

Tasche seiner Jacke, verstaut die übrige Post in der anderen Tasche und kehrt zum Fahrstuhl zurück, Nacera, ich liebe dich, er ist zu sich hochgefahren.

Er hat den Prospekt auf seinem Schreibtisch entfaltet, unter der eingeschalteten Lampe, obwohl der Himmel in Hülle und Fülle durch die Scheiben einbricht. Er hat aus dem Badezimmer Alkohol und Watte geholt, dann aus einer Schublade ein Skalpell und zwei Glasplättchen, die er, an seinem Schreibtisch sitzend, sorgfältig mit Alkohol gereinigt hat. Im Augenblick vergrößert er, über den Prospekt gebeugt, mit Hilfe einer Lupe den Namen Rimini, wobei er sich dem Punkt auf dem mittleren i nähert.

Nachdem er den besten Winkel angepeilt hat, um diesen Punkt von seiner Unterlage abzulösen, läßt Chopin die Schneide seiner Klinge um das typographische Zeichen gleiten, das sich abhebt, abtrennt und von Rimini herab auf eines der Glasplättchen kullert. Chopin quetscht es unter das andere Plättchen, zurrt das eine am anderen mit einem Klebestreifen fest. Dann erhebt er sich und holt den Vergrößerungsapparat, der im Flur in der hintersten Ecke des Wandschranks verstaut ist, auf dem Boden, zu Füßen des Staubsaugers, zwischen den leeren Koffern und den Zeitschriftenstapeln, zwischen sechsundzwanzig leerstehenden Schuhen. Der Vergrößerungsapparat ist sehr verstaubt, er hat schon lange nichts mehr unter die Linse genommen. Chopin entstaubt ihn, dann macht er sich an die Arbeit.

Als das Mikrotüpfelchen entwickelt, vergrößert, von einem Dialesegerät projiziert war, erwies sich sein

Inhalt als eine Folge von Buchstaben, bar jeglichen unmittelbaren Sinns, in Vierergruppen angeordnet, hie und da mit einem kleinen schwarzen Karo verziert. Chopin las dieses Arrangement mehrmals, suchte in seiner Erinnerung nach zwei oder drei grundlegenden Rastern, ziemlich schnell fand er die Eröffnung. Der Text war nicht allzu grausam chiffriert: er erschloß ihn nach dem doppelten Ersetzungsverfahren mit Hilfe der Vignère-Tabelle. »Sie sind nicht aus der Übung gekommen«, erklärte der Mikropunkt, »das ist gut.« Die Unterschrift stammte von Oberst Seck, ergänzt wurde sie durch den Hinweis auf einen Treffpunkt, in einer Stunde in der Grünanlage Louis XVI.

Chopin ließ das Türchen der Grünanlage sich selbst schließen und begab sich also eine Stunde später zur Sühnekapelle, die sich in der Mitte befindet. Auf der Schwelle des Bauwerks streckte ihm ein humpelnder Wächter in blauer Kulturuniform eine weitere Drucksache entgegen, die das entmutigende Denkmal beschrieb, einen Tempelkubus mit kleiner Kuppel, der sich durch ein dorisches Peristyl ankündigt. Chopin las es wie die anderen, während er die Treppe hinunterging, an deren unterem Ende, vor dem Altar aus dunklem Marmor, ein sechzigjähriger Mann mit sehr weißen Zähnen und nachtblauer Kleidung in Andacht versunken zu sein schien. Es ist lange her, sagt Oberst Seck.

– Drei Jahre, präzisiert Chopin. Wir haben uns seitdem nie wieder gesehen, oder?

– Er ist dezent, dieser Bau, sagte Oberst Seck, nie ist jemand da. Er ist dermaßen deprimierend, die Leute sind ja nicht verrückt. Hätten Sie etwas Zeit im Moment?

– Kommt ganz darauf an, sagte Chopin.

– Ausgezeichnet, übersetzte der Oberst, es könnte sein, daß ich Sie brauche, in nächster Zeit. Bleiben Sie in der Nähe.

– Aber ich dachte, sagte Chopin ohne große Hoffnung.

– Ich weiß, erkannte der Oberst an, ich weiß schon.

Sie begaben sich wieder auf Bodenniveau, oben auf den Stufen lauerte der Wächter der Kapelle. Er beschleunigte schräg auf Seck zu, ließ Chopin links liegen, rollte demütig mit den Schultern, während seine Pupille von unten das Visier durchbohrte: Mein Oberst, sagte er, erinnern Sie sich noch an Roquette?

– Mein Gott, sagte Seck, meine Erinnerung läßt mich gerade im Stich.

– Roquette, mein Oberst, Blida, die Nacht vom 3., der Überraschungsangriff der Rebellen und dann Roquette, ein Sanguiniker, Saxophonist im 4. Pionierkorps, Sie erinnern sich nicht? Er sucht nach etwas, er ist in Schwierigkeiten. Er würde gern wie ich sein Leben neu anfangen.

– Gut, ich werde sehen, was ich tun kann, sagte Seck. Er soll mir ein kleines Schreiben aufsetzen und es dort hinschicken.

Er zerrte aus dem Innern seiner Jacke eine winzige Karte, zog dabei kurz eine Grimasse, als risse er sich ein überflüssiges Haar aus. Der Wächter hatte sich ihm mit konspirativer Iris noch weiter genähert. Was tun, mein Oberst, schniefte er vertraulich durch die Nasenlöcher, was kann ich mit Ihnen fürs Vaterland tun? Man wird Sie benachrichtigen, Fernandez, murmelte Seck und reichte ihm ungeduldig die bedruckte Pappe, man hält sie auf dem laufenden. Lassen Sie es jetzt gut sein, treten Sie ab.

Er ergriff Chopin am Ärmel, geleitete ihn zum Ausgang der Grünanlage und legte die ganze Sorge dar, die der Lebensabend dieser Männer ihm bereitete, die zu alt, zu verwundet waren, sich noch zu schlagen: Gewiß bin ich nicht gehalten, mich selbst darum zu kümmern, es gibt eine Dienststelle dafür, ganz hervorragende Sozialarbeiterinnen, aber es geht schneller, wenn es über mich läuft. Sie wissen das.

Er schwieg bis zum Türchen, das er aufzog, offenhielt, um dann auf der Schwelle der Grünanlage stehenzubleiben und erneut zu sprechen, wie man einen Gast begleitet und ihm auf dem Treppenabsatz, während er auf den Fahrstuhl wartet, endlich das Wesentliche erzählt:

– Sie werden in einigen Tagen alle Instruktionen erhalten. Sollte es ein Problem geben, kann man mich noch immer über die Kabine in der Rue Lafayette erreichen, Sie wissen schon, Ecke Rue Bleue.

Einen Augenblick lang beugte er seine Stirn seinen langen schwarzen, sehr glänzenden Schuhen zu, sah sich selbst auf seinem eigenen Sockel, dann schnipste er mit den Fingern ins Leere; ein grünes Instant-Taxi bremste auf seiner Höhe, er ließ sich hineinfallen, schloß die Tür und artikulierte sein Ziel. Der grüne Wagen und der Oberst verließen die wahrnehmbare Welt über den Boulevard Haussmann in Richtung

Westen, Chopin machte sich auf den entgegengesetzten Weg. Ein sehr hübsches, rothaariges Mädchen überquerte den Boulevard mit einem Rucksack, ah nein, sieh an, das ist ein Baby, dann bot sich in der Rue Lavoisier ein ausgestorbenes Café an. Der Wirt wirkte hinter seiner Theke wie ein Richter ohne Fall, Chopin suchte sich einen Platz an der großen Fensterscheibe.

– Einen Kaffee, formulierte er, einen starken. Und ein Glas Wasser dazu.

Diese Worte echoten im leeren Lokal, dann kehrte die Stille wieder, regelmäßig durchbrochen von der synthetischen Stimme eines Flippers, der an seine Anwesenheit erinnerte, indem er alle fünf Minuten die gleiche Formel ausstieß. Willkommen, Doktor Bong.

Chopin fixierte die Oberfläche des Kaffees wie einen Bildschirm, auf dem er einen Ausschnitt seiner ersten Begegnung mit Oberst Seck vor sich ablaufen ließ, mit anderen Worten, seine Rekrutierung. Er durchquerte damals eine kleine Sahel, und die Vorschläge des Obersts kamen nicht so ungelegen, waren sie doch farbenprächtig, mit Goldschnitt versehen und mit einer Prise Erpressung fein emailliert: Sie würden eine angemessene Oase ergeben, er hatte zugesagt. Sogleich hatte man ihm den Gebrauch des Mikropunkts eingeschärft, des weißen Kohlepapiers, die Kunst einen Beschatter abzuhängen, die toten Briefkästen und all den Schwachsinn. Wohlgemerkt, wenn ich das mache, so nur momentan, hatte er einen Moment präzisiert, das ist nur eine Sache von ein oder zwei Jahren, merken Sie sich das wohl. Sie haben vollkommen recht, hatte der Oberst ausgerufen, ein Jahr oder zwei, das ist genau das, was man sich sagen muß. Im übrigen, die Besten unter uns, ganz unter uns gesagt, wir haben uns das am Anfang alle gesagt. Willkommen, Doktor Bong.

Chopin trank diese wunderbare Erinnerung in einem Zug, dann entspannte er sich auf seinem Stuhl, durchsuchte seine Taschen, fand die Post vom Morgen, die er mit dem Stiel des kleinen Löffels öffnete. Der Zürcher Buchhändler schickte ihm eine Aufstellung vergriffener entomologischer Werke, von denen er einige Exemplare vorrätig hatte – diese Fliegen, irgendwann würde man wirklich alles über sie wissen, nichts mehr darüber sagen können, vielleicht war man ja auch schon so weit, was im übrigen erklären würde, weshalb Chopin über seine ganze Zeit frei verfügte und an der großen Scheibe kleben blieb wie sie. Dann war da noch die Ansichtskarte, deren eine Seite den ruhenden Ozean darstellte. Ich erwarte Dich Mittwochabend bei mir, sagte die andere Seite. Suzy.

7 Mittwochabend fand er sich folglich bei ihr ein, es war das erste Mal, daß er nachts dorthin ging. Suzy hatte nichts zu trinken außer einem Rest Sorgholikör, von einem Freund aus China mitgebracht und klebrig wie ein altes Bonbon. Trotzdem haben sie zwei oder drei Gläschen davon getrunken und am Donnerstagmorgen, bevor sie ein Auge öffnen, bewegen sie sich schon wieder einer auf den anderen zu, behorchen und erforschen sich in allen ihren Einzelheiten, Täler und Erhebungen, Abgründe und sanfte Abhänge, Weichen und Sackgassen, all das könnte endlos weitergehen, aber der Wecker hat gerade geklingelt.

Man hat sich Zeit gelassen, sich noch ein wenig zu küssen, dann ist Suzy aufgestanden. Chopin hat ihr zugesehen, wie sie sich über eine Art japanischen Morgenrock beugt: ihr sehr weißer, mit Muttermalen übersäter Rücken zeigt das Negativ einer Sommernacht, ein Sternbild auf der Schulter und der Polarstern auf der Wölbung ihrer Hüfte. Dann hat sie das Schlafzimmer verlassen, um Jim zu versorgen – dessen Wachsein seit einer Weile durch die Zwölftonsirene seiner intergalaktischen Waffe bezeugt wird.

Da das Bett allmählich erkaltet, steht auch Chopin auf, zieht sich an und schaut dabei durch das Fenster in den Hof. Das Spiegelwerk hat seine Tore noch nicht geöffnet, aber der Schornstein der anderen Fabrik speit schon seinen dicken, unermüdlichen, makellosen Strahl aus, als sei er unentwegt damit beauftragt, die Wahl eines neuen Pontifex anzukündigen, ein habemus Papam ad libitum. Zwei Wagen sind im hinteren Teil des Hofs geparkt, auf deren blankgeputzten Motorhauben sich die Fassaden spiegeln und zum Himmel hin strecken. Hinter geschlossenen Türen hallt das Klappern frühstücksbereiter Tassen.

Er ist dabei, seiner Kleidung den letzten Schliff zu geben, als Suzy das Zimmer betritt, völlig angezogen, samt ihren spiegelnden Ohrringen, ihre sehr roten Lippen lächeln in Windeseile. Sie gibt Chopin zu verstehen, daß der Kaffee fertig ist, sucht in einer Schublade ihre Genfer Manschettenknöpfe, die sie an ihren Handgelenken anbringt, um sie ihm dann schnell, wiederum lächelnd, zu zeigen: Ist Suzy in Hektik, pochen und schlagen die Kompaßnadeln ebenso wild aus wie in der Nähe des Magnetpols. Sie verschwindet, wie sie gekommen ist, läßt die Tür offenstehen und eilt mit ihrer Ausrüstung aus Kompaßnadeln und Spiegeln einem Dschungel entgegen. Chopin vervollkommnet den Knoten seiner Krawatte, bevor er das Schlafzimmer verläßt.

In einem apfelgrünen Trainingsanzug, auf dem in gelber Farbe den Oberschenkel entlang die Worte *Carolina moon* geschrieben waren, saß der junge Jim Clair allein in der Küche vor einer Körnerkomposition und einer Box Schokoladenkekse. Er erwiderte Chopins Gruß, zeigte ihm die Kaffeekanne und versenkte sich wieder in ein Super Donald Duck. Das Telefon klingelte im großen Zimmer, man hörte, wie Suzy abnahm, Chopin trank ein wenig Kaffee und schaute sich dabei um: auf einem Sessel lag eine Katze, absolut ruhig, wie tot.

Suzy telefonierte ziemlich lange, ihr vorgebeugter

Oberkörper rahmte sich plötzlich, von der Spirale der Telefonschnur zurückgehalten, im Rahmen der Tür, eine Hand auf das Mikro des Hörers gepreßt, flüsterte sie mit Nachdruck: Jim, es ist acht Uhr, machst du dich bitte fertig. Ja, ja, sagte Jim. Ich komme, Franck, fügte sie hinzu. Ja, lächelte Chopin.

– Nun, sagte Jim übergangslos, gefällt Ihnen meine Mutter?

Chopins Löffel drehte sich von allein in seiner Tasse, er versuchte, ihn da herauszuholen, während er über diese Frage nachdachte.

– Kinder sprechen nicht bei Tisch, gab er zu bedenken.

– Die Regeln haben sich geändert, erinnerte der junge Jim.

Sobald Chopin in Richtung Avenue des Ternes aufgebrochen war, hatte Suzy ihren Sohn zum Unterricht begleitet. In dem Maße, in dem sie sich der Schule näherten, nahm auf dem Bürgersteig die Kinderdichte zu. In lässigem Ton sagte Jim einigen von ihnen hallo, manche beratschlagten sich mit ihm, leise, in drei Worten, im Vorübergehen, wegen einer Schwimmbadgeschichte oder eines Diktats und warfen Suzy dabei einen zurückhaltenden Blick zu; Jim hatte das Sagen. Auch seine Mutter lächelte den anderen Müttern zu, den jungen und schönen mit den einnehmenden Lächeln, aber auch den resignierten lächelte sie zu.

Sie machte einen großen Umweg über die Place Malesherbes bis zum Parc Monceau, bevor sie nach Hause ging. Beim Gehen kramte sie in ihrer Tasche zwischen den Schlüsseln und ihren Papieren, ihren

Papiertaschentüchern, einem Notizbuch, das ein Foto von Jim im Alter von fünf Jahren enthielt, einem blauen Wollstrumpf selbigen Jims im Alter von zwei Jahren, der dazu diente, das Kleingeld aufzubewahren, einem homöopatischen Fläschchen, zwei superantiseptischen Pflastern, einer Haarspange, einer Inox-Pinzette, einem Lippenstift. Aus der Tasche holte sie ihre ultraleichten Kopfhörer, die eine Spange wie ein Spinnenbein über ihre Ohren preßte, dann nahm sie eine der Kassetten, die unten in der Tasche lagen, ein Quintett in C-Dur, von dem sie nur das Scherzo hörte. Unter diesen Bändern befand sich auch ein Berlitzkurs für Russisch, die Stimme ihres Astrologen, die Suzys Horoskokp für die nächsten Jahre aufzeichnete, *Their satanic majesties request* und *Let it bleed,* ebenso wie der Soundtrack von drei oder vier Filmen. Auf gut Glück griff sie sich einen Soundtrack, hörte zwei oder drei Repliken (»Cognac? Als Aperitiv? Warum nicht.«). Dann kehrte sie andante sostenuto zum Quintett in C zurück.

Vor dem Park Monceau hatte Suzy keine Lust, die Ornamente der Gitter zu überschreiten, um zur Ordnung des Rasens hin zu gelangen. Sie ging nun nach Hause, ältere Arbeiter kamen aus dem Spiegelwerk und transportierten lange Psychen, ohne sich darin zu betrachten, ohne sich noch für die Widerspiegelung ihrer Person, ihrer Arbeit und alles übrigen zu interessieren. Unterhalb der Rue de Rome kreuzte der Bummelzug aus Dieppe einen Corail-Zug nach Caen.

Sie räumte ein wenig die Wohnung auf, die Küche, dann die Zimmer und aus Gründen der Kapillarität überall, sah kaum nach, ob Chopin nicht etwas liegengelassen oder gar absichtlich vergessen hatte, aber nein, nichts. Gegen elf Uhr setzte sie sich an den Tisch ihres Zimmers und machte sich an die Arbeit, die in diesen Tagen darin bestand, einen Katalog für luxuriöse Damen-Accessoires zu verfassen – eine leichte Arbeit und gut bezahlt, die Maschine schrieb fast von selbst, und jedes kleine Klingeln, das das Ende einer Zeile anzeigte, kündigte auch die Geburt einer pausbäckigen Banknote an. Kurz und dicht aufeinander überlagerten zwei Klingelzeichen der Eingangstür die Schellen der Maschine. Nachdem sie die Hitparade im Radio leiser gedreht hatte, stand Suzy auf und öffnete.

Der Besucher war ein gutgebauter junger Mann mit kurzem Mecki, einem Siegelring an jedem kleinen Finger, einer Goldkette um den Hals. Von sehr grünem Aftershave umwölkt, lächelte er, strahlte Gesundheit aus, als käme er direkt aus der Dusche, das Auge halb geschlossen wegen einer Seifenblase, die darin geblieben war. Kommen Sie herein, Frédéric, lächelte Suzy maßvoll, dann wandte sie sich zum großen Zimmer zurück, ließ diesen Besucher selbst die Eingangstür schließen. Caramba, rief er innerlich aus, als er ihr folgte, entschieden die schönsten Beine auf dem Pariser Pflaster. Suzy kreuzte diese, setzte sich, wies ihm einen Sessel zu, und der Besucher nahm Platz, indem er den Blick abwandte.

– Ich glaube, ich habe da was, sagte dieser junge Frédéric. Ich hatte Ihnen zugesagt, ich glaube, ich habe einen Freund, der Zugang hat, ich meine, der Ihnen selbst erklären könnte, was vielleicht, in ein paar Tagen höchstens.

– Wann? wollte Suzy wissen.

8 An einem anderen übernächsten Morgen war Chopin zu Hause, wie immer nicht allzu weit vom Fenster entfernt, untätig wie so oft am frühen Morgen, allein wie die meiste Zeit.

Allein: eine nach der anderen hatte Carole und Marianne hier gelebt, um ziemlich entmutigt nach einigen Tagen oder Wochen zu gehen, um wiederzukommen und regelmäßig wieder zu gehen. Chopin tat nie etwas dazu, daß sie gingen, oder daß sie kamen, er ließ seine Tür in beiden Richtungen offen. Carole hatte mit Modefotografie zu tun, und Marianne präsentierte Filme im Fernsehen, so daß Chopin ab und zu indirekt Neues von ihnen erfuhr, wenn sie aus seiner Wohnung verschwanden. Sie unterschieden sich in jeder Hinsicht, obwohl einmal, im Abstand von drei Tagen, alle beide vorgeschlagen hatten, sich mit ihm zusammen, die Vorzugstarife ihrer jeweiligen Firmen nutzend, in einem Bodybuilding-Center einzuschreiben.

Chopin schnitt sich die Nägel und begutachtete dabei durch die Fensterscheibe das ins Grau umschlagende Wetter. Dann hatte er sich aus der Küche eine Banane geholt, nach jedem Bissen stülpte er die vier oder fünf Bahnen getigerter Haut zurück, die wie verwelkte Blüten seine um das untere Ende der Frucht geballte Faust bedeckten, sorgfältig entfernte er die faserigen Fäden, die nach Pappe schmecken und als Meridiane über ihre Oberfläche verlaufen, kurzum, er schälte seine Banane, wie der Anthropoide bis in alle Ewigkeit die seine schälen wird.

Die freundlichen Grüße des Obersts Seck fanden sich gegen elf Uhr ein, zur Öffnungszeit der Briefkästen. Es war nicht mehr Rimini, sondern der Mississippi, der einen neuen Mikropunkt in sich barg und für Chopin eine Verabredung in der Nummer 22 einer verschwiegenen Allee im sechzehnten Arrondissement. Um dorthin zu gelangen, mußte er das klassische Zickzackverfahren zur Abschreckung der Beschatter anwenden, und das war wieder und immer wieder das gleiche Theater: Und ich springe vor dem Eingang einer Métro aus dem Taxi, dann aus einem anderen Taxi in eine andere Métro, und dann flitze ich im allerletzten Augenblick in den Wagen und flitze ganz knapp vor dem Schließen der Türen heraus auf den Bahnsteig, und ich durchquere wieder und wieder das Gebäude mit dem doppelten Eingang, dann das andere, und ich nehme wieder ein Taxi, das mich fünfzig Meter vor der verschwiegenen Allee absetzt, wo ich ankomme, schweißgebadet, außer Atem und absolut sicher, daß all das sowieso überhaupt nichts nützt. Und ich sehe, daß die 22, erbaut um 1960, eines dieser Wohnhäuser mit Rauchglasbalkonen ist, die man seltener in Paris als in den Städten der Provinz, besonders in den Badeorten findet, in denen vorzugsweise Rentner Besitz erwerben.

Der Oberst empfing Chopin in einer unbewohnten Wohnung. Die große Diele war leer bis auf einen Kleiderständer, an dem lediglich an seinem Henkel ein leerer Eimer gebrochen weißer Lackfarbe hing. Chopin folgte seinem Führungsoffizier in einen Flur, in dem auf halber Höhe durch eine geschlossene Tür diskrete Klempnergeräusche drangen. An den Wänden des Flurs hafteten an den Stellen der verschwundenen

Bilder noch die Heftzwecken der alten Bewohner, und die frischen, gegen die Scheuerleisten geschobenen Kartons dürften den nächsten gehören. Überlebt hatte nur der im August letzten Jahres stehengebliebene Werbekalender einer Sushi-Bar in der Rue Washington, der zwei weiße Kaninchen vor einem Schneefeld abbildete und die Adresse (Nishishinjuku Shinjuku-Ku) einer anderen Sushi-Bar in Tokio angab.

Seck öffnete die Tür eines Wohnzimmers, in dem sich zwei Bürosessel gegenüberstanden, und einem von ihnen zu Füßen eine Aktenmappe aus braunem Glacéleder. An einer Wand, zwischen unnützen, sitzengelassenen Heftzwecken, hing einsam ein neuer Rahmen, der weiße und grüne Formen enthielt. Der Oberst wies Chopin einen der Sitze zu und ging dabei zur Glastür, an die sich ein Balkon anschloß: Pflanzenphantome verkrochen sich auf dem Grund verblichener Bottiche in einem Kokon aus verdorrtem Humus. Die Stirn des Obersts drückte gegen die Scheibe, seine Augen betrachteten den nicht vorhandenen Fahrzeugverkehr in der Allee, ein trübes Staublicht fiel auf ihn.

– Es gibt Tage, an denen mir die Sonne fehlt, sagte er. Die Sonne und die Tropen, das alles. Der Sex und die Tropen. Sie können sich nicht vorstellen, wie sehr ich mich manchmal langweile.

Er breitete mit betrübtem Ausdruck die Arme aus, dann setzte er sich wieder schweigend; Chopin erinnerte sich, daß es ihm in solchen Umständen nicht zukam, als erster zu sprechen.

– Nun ja, sagte der Oberst schließlich, ich habe ein kleines Observationsproblem, Sie verstehen schon, was ich meine. Im Augenblick habe ich niemanden an der Hand, der sich darum kümmern könnte, deshalb habe ich an Sie gedacht. Ich werde es Ihnen erklären.

Nun ja: ein Treffen von Wirtschaftsfunktionären, auf dem verschiedene Delegationen aus dem Orient und dem Okzident zusammenfanden, war gerade in Wien zu Ende gegangen. Einer der Experten war nicht sofort in sein Ursprungsland zurückgekehrt, wollte sich noch einige Erholungstage in der Umgebung von Paris gönnen. Der Oberst markierte eine Pause und beugte sich über die Aktenmappe, aus der er zwei Bücher zog. Er streckte Chopin eines dieser Werke entgegen, ein ziemlich dünnes in festem Einband, auf gelbliches Papier gedruckt, dem ein strenger Industriegeruch entströmte und dessen sumpfiggrüner Schutzumschlag mit dem Titel des Buches und dem Namen seines Autors versehen war: *Ausblicke des Kolloquiums von Archangelsk* von Vital Veber. Ein Porträt desselben fand sich auf der Klappe des Schutzumschlages reproduziert: aus der Mitte eines dunklen Rechtecks tauchte ein etwas verschwommenes Gesicht hervor, wahrscheinlich der vergrößerte Ausschnitt eines Gruppenfotos. Man erkannte seine Züge nicht besser als die eines Verurteilten durch das Türchen eines dunklen Kerkers oder die eines Souffleurs in der hintersten Ecke seines Kastens.

– Ein wichtiger Typ, brummte Oberst Seck. Ehemaliger erster Distriktsekretär, Generalsekretär des Plans, Berichterstatter des Oberflächenkomitees, etwa diese Sorte, Sie verstehen.

Da die Klempnergeräusche plötzlich zunahmen,

stand er auf, seine Miene war verstimmt. Ich komme wieder, sah er voraus, Sie können unterdessen auf diesen hier einen Blick werfen. Chopin ergriff den anderen Band, der in jeder Hinsicht dem ersten ähnelte, bis auf den Titel *(Die Lehren des Kongresses von Anchorage),* den verwaschen beigen Farbton des Schutzumschlags und zwei winzige Retuschen am Foto des Autors. Er begann, die beiden Werke durchzublättern und war mit einem Ohr bei den Stimmengeräuschen, die aus dem Flur zu ihm drangen und vermutlich aus der Küche stammten: die des Obersts Seck, dumpf und verstimmt, schien auf zwei andere Organe zu prallen, weiblich und voller Realismus, gesundem Menschenverstand und spöttischem Selbstbewußtsein. Ein großes Schweigen beendete den Austausch, dann kam der Oberst mit verschlossenem Gesicht zurück.

Diese verdammten Arbeiten, maulte er, man wird nie damit fertig. Ich verlange eine einfache Sache, und es scheint unmöglich zu sein. Er ist neu, dieser Heizkessel, er ist praktisch neu, wozu wollen sie denn alles ändern.

Er regte sich auf, Chopin studierte weiter das Porträt von Vital Veber: das Gesicht eines Hochschullehrers wahrscheinlich, einstmals scharfkantig, graduell aufgedunsen durch die Amtswürde, faltig geworden durch die für einen Generalsekretär typischen Sorgen.

– Gut, faßte sich der Oberst. Das ist er, der Typ. Sagt es Ihnen zu?

– Nicht allzu sehr, antwortete Chopin. Aber ich habe keine so große Wahl, vermute ich.

– Und jetzt beklagt er sich auch noch, meinte der

Oberst. Wirklich, das ist doch nicht die Welt, was ich von Ihnen verlange. Was ist das schon, nicht mal halbtags, nicht mal ein knappes Viertel des Tags, ach, was sage ich. Nicht mal das.

– Gut, sagte Chopin, gut.

– Das würde uns schon helfen, folgerte der andere liebevoll, das wäre gut. Und außerdem ist es nicht kompliziert, das ist auch gut. Veber wird eine knappe Woche in einem Hotel verbringen, in einem schönen Hotel, nicht weit von Paris. Es ist ein hübscher Ort, in einem Park, am Ufer eines Sees, es ist heiter. Es würde nur darum gehen, diese Woche gleichzeitig mit ihm dort zu verbringen.

Chopin antwortete nicht, und versuchte dabei vergeblich den Inhalt des Rahmens zu identifizieren, der über der Glastür am anderen Ende des Wohnzimmers angebracht war: fünf weiße Rechtecke auf billardgrünem Grund.

– Ich will sie ja nicht zwingen, fuhr sein Führungsoffizier fort, aber na ja, gut. Wie ich Ihnen schon sagte, ich habe an Sie gedacht. Ich denke oft an Sie, Chopin, ich habe Sie gern, unter uns gesagt. Finden Sie das komisch?

– Überhaupt nicht, sagte Chopin, ich finde das überhaupt nicht komisch.

– Nun denn, verfinsterte sich der Oberst, man müßte einfach mal sehen, was er macht, dieser Typ, die Leute, die er sieht, all das. Vielleicht sollte man auch sehen, ob da nicht jemand anderer parallel zu uns etwas zu sehen versucht, nicht wahr.

– Ganz genau, sagte Chopin. Ein bißchen wie bei

Abitbol. Die Erinnerung an Abitbol heiterte den Rangträger wieder auf.

– Sehr richtig, ritt er befriedigt darauf herum, ganz genau wie bei Abitbol. Im Prinzip reist Veber mit seinem Assistenten oder seinem Sekretär, ich weiß es nicht so genau. Was könnte ich Ihnen sonst noch sagen.

Vier fürchterliche Hammerschläge hallten ohne Vorwarnung durch den Flur, ließen die Fensterscheiben beben und den Oberst zusammenzucken. Was bauen die schon wieder für eine Scheiße, murmelte er.

– Ich frage mich, was die für eine Scheiße bauen, führte er Chopin gegenüber aus. Sie hatten mir einen Kostenvoranschlag gemacht, der war in Ordnung, dieser Kostenvoranschlag. Jetzt versteh ich gar nichts mehr, das hat weder Hand noch Fuß.

– Gehört Sie Ihnen, die Wohnung?

– Kommen Sie, sagte der Oberst und erhob sich. Von dem Sold hätte ich mir das nie leisten können. Sehen Sie: ich hab das damit bezahlt.

Er führte Chopin vor den grünen und weißen Rahmen. Auf einem Filzhintergrund, unter entspiegeltem Glas, formten fünf wie ein Fächer ausgebreitete Spielkarten einen Straight flush, wobei Herz sieben und acht, neun und zehn graziös um den Herzbuben gruppiert waren wie Sirenen um Esther Williams.

– August 1985, Beaulieu-sur-Mer, präzisierte der Oberst, anderthalb Millionen Mäuse. Das waren Zeiten. Ich konnte mir damit dieses Ding hier leisten, es ist nicht sehr groß aber gut, ich bin sowieso dabei, es zu verkaufen, außerdem ein paar andere kleine Dinge, ein

Stück Land dort unten, daheim. Wo waren wir stehengeblieben?

– Veber, erinnerte Chopin. Das Hotel.

– Ja. Das Hotel. Es wäre gut, wenn Sie sich im Hotel wieder Ihres Systems bedienen könnten, Sie wissen doch?

– Mein System, fragte Chopin.

– Ihre Fliegen da. Erinnern Sie sich?

– Sie scherzen, sagte Chopin, das ist völlig überholt. Das sind Techniken aus der Zeit des General Walters. Es gibt heutzutage viel Besseres.

Verdrossen brachte der Oberst vor, daß doch, wenn er sich nicht täusche, die Fliegentechnik hervorragende Ergebnisse gebracht hatte, zum Beispiel eben bei Abitbol, aber Chopin gab zu bedenken, daß diese Technik sehr begrenzt sei. Daß eine Fliege nur kurze Zeit lebt. Daß das Leben einer Fliege nur einen Pulsschlag währt.

– Versuchen wir es dennoch, beharrte der Oberst. Versuchen wir es.

Da sich in der Küche das seismische Dröhnen einer Werkzeugmaschine erhob, konnte er es sich nicht verkneifen, die Arbeiten zu inspizieren, als er Chopin hinausbegleitete, der über seine Schulter einen Blick warf. Die zwei Klempnerinnen waren kurz und gedrungen, ihre prallen Backen neigten sich nach unten, und ihre fettigen, mit Gips überschuppten Haare hingen ebenfalls nach unten. Sie sahen im übrigen nicht allzu umgänglich aus, die eine entrollte den Kupferdraht zwischen ihren roten Fleischerfingern, die andere, zwei Ersatzbohrer zwischen den Zähnen, durchlöcherte mit der Bohrmaschine die Wand – und doch lächelten sie, ähnlich wie die sozialistisch-realistischen Arbeiterinnen, ihr ganzer Körper lächelte triumphierend unter dem prall geblähten blauen Overall.

– Was ist denn das wieder für ein Ding, regte sich der Oberst auf, was ist denn das wieder für ein Loch? Wir haben hier ein Loch, so scheint mir, das nicht im Kostenvoranschlag enthalten war. Warum dieses neue Loch?

– Eine automatische Ausschaltvorrichtung für den Heizkessel, definierte die Bohrerin. Für die Sicherheit. Na, und dann müßte man vielleicht dran denken, das Rohr da mal hin und wieder zu reinigen.

– Aber das gab's doch vorher auch nicht, lamentierte der Offizier, es lief auch ohne das ganz gut. Und dann das Kabel, stellte er sich vor, man wird ein Kabel brauchen für diesen Schalter. Man wird es sehen, dieses Kabel. Das wird bescheuert aussehen.

– Wir stecken es Ihnen rein, versicherte die andere ganz jovial, keine Sorge. Wir werden es Ihnen schon reinstecken.

Der Oberst zuckte eine Achsel, verließ urplötzlich die Arbeiterinnen und murmelte noch, blöde Zicken, sobald er weit genug weg war. In der Diele ließ er mit zerstreuter Stimme wissen, daß man sich im übrigen später noch einmal treffen würde für die letzten Instruktionen. Hier war es doch entschieden zu kompliziert. Auf alle Fälle, vielen Dank, daß Sie gekommen sind. Danke.

9 Am gleichen Tag, zur Zeit, als Chopin seine Bananen entkleidet, begibt sich der junge Frédéric erneut in die Rue de Rome. Noch frischer rasiert als am vorgestrigen Abend, der Bug seines Aftershaves noch besser geschärft, schwebt er durch die Luft. Nachdem er zweimal geklingelt hat, öffnet ihm Suzy mit nackten Füßen, in einen weiten Bademantel aus rotem Frottee gewickelt, eine Hand auf dem Griff der Tür, während die andere ein Tuch aus beigem Frottee um ihre Haare festhält.

Sie hat den jungen Mann eintreten lassen und ist dann in das Badezimmer geflüchtet, wo sie zerstreut auf ihn fluchte. Sie hat ihren langen, sandfarbenen Pullover, eine schwarze Strumpfhose und Stulpenstiefel aus graurosa Wildleder übergezogen sowie grüne Ringe mit beträchtlichem Durchmesser an ihre Ohren gehängt. Als sie in die Küche zurückkehrte, herrschte dort Schweigen, Jim hatte sich von der Welt und ihren Lotionsdüften hinter ein Micky-Maus-Sonderheft zurückgezogen. Nach einigen vergeblichen Kontaktversuchen hatte Frédéric bei dem stummen Fernseher Zuflucht gesucht: Vor einer Wetterkarte bewegte eine mahagonihaarige Meteorologin ihre Lippen.

– Es eilt, sagte der junge Mann, sobald Suzy erschien. Später, sagte sie mit einer diskreten Geste, einem schrägen Blick auf Jim – nachher. Sie schüttete Cornflakes in die Schüssel des Kindes, das plötzlich von seinem Stuhl sprang, als es den Vorspann zu einem vermeintlich lustigen Fernsehquiz erkannte. Nein, protestierte Suzy, dafür ist jetzt keine Zeit. Es ist kurz, es ist ganz, ganz kurz, versicherte Jim und drehte abrupt und übermäßig den Ton hoch, UND WAS MACHEN IHRE ELTERN BERUFLICH, FABIENNE? NUN JA, MEIN VATER IST VORARBEITER UND MEINE MUTTER IST HAUSFRAU. GROSSARTIG, FABIENNE, DAS IST WUNDERBAR, UND NUN MEINE ERSTE FRAGE, Suzy mußte schreien, nein, nein, mach leiser – möchten Sie einen Apfel, Frédéric? das tut gut, am Morgen. Er war bereit anzunehmen, aber sie blickte schon woandershin, gruppierte die Tassen auf einem Tablett. Es ist bald Zeit, sagte sie, zieh dich an, zieh dich schnell an. Kann ich Ihnen behilflich sein, suggerierte Frédéric mitten im Tumult. Du sollst den Fernseher ausschalten, befahl Suzy mit Nachdruck. AH, FABIENNE, DAS TUT MIR LEID.

– Gut, sagte sie eine halbe Stunde später zu Frédéric, es eilte doch nicht so sehr, oder?

Sie hatten Jim begleitet und gingen nun langsamer als auf dem Hinweg. Der allgemeine Ansturm auf die Büros, die Werkstätten und die Schulen war vorbei, die Straßen waren ruhiger, alles atmete auf vor dem nächsten Startschuß. Die Straßenkehrer fegten lässig den Asphalt, ohne einen Handgriff zu viel.

– Es ist, weil mein Kumpel, sagte Frédéric, der Typ, von dem ich Ihnen am Donnerstag erzählt habe, den werde ich gleich sehen, ich wollte Ihnen Bescheid sagen. Ich muß Sie ja doch auf dem laufenden halten.

– Ich glaube nicht mehr allzu sehr daran, sagte sie mit einer zerstreuten Stimme, ich weiß nicht.

– Sie könnten sich ein bißchen mehr dafür interessieren, begehrte Frédéric schüchtern auf, es handelt sich ja doch um Ihren Mann.

Sie lächelte matt ins Leere, konturlos.

– Wo ich das doch für Sie tue, fügte er in höherer Stimmlage hinzu, wo ich das doch nur tue, weil Sie es sind. Kennen Sie denn viele solche Typen, die ihr Leben damit verbringen, den Mann der Frau ihres Lebens zu suchen?

Sie waren vor ihrem Haus angekommen, und Frédéric senkte mit schmollendem Ausdruck den Kopf. Suzy lächelte ihm lebhafter zu, dreidimensional amüsiert. Sie sind nett, sagte sie und drückte ihre Lippen kurz auf die Wange des jungen Mannes, und einer der an ihren Ohren hängenden grünen Ringe hallte wie ein Gong gegen Frédérics Nase, wie der Blitz aus heiterem Himmel, und einen Augenblick später war sie nicht mehr da, war unter der Nachwirkung dieses Kusses entschwunden.

10 Das Palasthotel am See befindet sich inmitten eines baumbewachsenen Geländes, das an eine weite Süßwasserfläche grenzt, auf der ein flaches Boot gelegentlich die Gäste spazierenfährt. Dieses Etablissement mit rund zwanzig Zimmern und Suiten stellt seinen Besuchern ein Restaurant, zwei Bars, drei Konferenzsäle sowie einen Waschservice und eine chemische Reinigung zur Verfügung. Die Gehälter eines sehr qualifizierten und aus Köchen, Gepäckträgern, Telefonisten, Zimmermädchen und anderen Domestiken bestehenden Personals rechtfertigen den Preis für eine Nacht. Abseits der Ketten üblicher Hotels ist das Palasthotel ein ruhiger und abgelegener Aufenthaltsort, der häufig inkognito von Kunden besucht wird, die zu reich und auf jeden Fall zu mächtig sind, als daß die breite Öffentlichkeit sie kennen würde. Es ist in keinem Führer vermerkt.

Der Generalsekretär Vital Veber befindet sich seinerseits in einem Peugeot-Automatik-Automobil, welches soeben in den Privatweg einbiegt, der zum Palasthotel am See führt. Dieser rund sechzigjährige Mann reist mit seinem Chiffreur, zwei Handkoffern voller Akten, drei Koffern voller Kleider sowie einem Übertragungsgerät für Kurzwellen. Die Gesellschaft einer Kommission aus Experten, Bankiers, Stadtplanern, Ökonomen, Juristen und anderen Forschern nimmt alle seine Tage und mehr als eine seiner Nächte in Anspruch. Vital Veber, immer abseits des offiziellen Geschehens, ist ein ruhiger und reservierter Mann, freundlich zu seinen Mitarbeitern, die ohnehin zu skrupelhaft und beflissen sind, als daß man sie hart anfassen dürfte. Sein Name erscheint nicht im Who's who.

Fern von den Apparatschiks, fern von den Paparazzi schickte sich der Generalsekretär an, ein paar wohlverdiente Erholungstage zu genießen. Sein Flugzeug, eine Biturboprop Fairchild 227, hatte am frühen Nachmittag auf dem Flughafen Orly aufgesetzt. Der Chiffreur hatte den Wagen bei der Leihfirma abgeholt, dann waren sie losgefahren, Veber höchstpersönlich am Steuer des Peugeots. Er fuhr ihn mit geringer Geschwindigkeit, da er das Fahren etwas verlernt und den Umgang mit den Automatikwagen gar nicht erst gelernt hatte. Vierhundert Meter hinter dem Peugeot fuhr mit gleicher Geschwindigkeit ein Renault mit verwandtem Hubraum, der zwei junge Leute von der Sicherheit namens Perla Pommeck und Rodion Rathenau enthielt, beide mit kurzen blonden Haaren und lebhaften grauen Augen, zwanglosem Anzug und Kostüm und zwei Stunden Konditionstraining pro Tag. Es war einer dieser frischen Morgen etwas außerhalb von Paris, die lebhafte Luft war leicht wie Salat, trocken und klar wie Weißwein, sie zeichnete sehr deutlich die Fassaden und legte sich sanft auf die Dächer.

Einen Augenblick wurde der Peugeot durch eine heruntergelassene Schranke angehalten: mit der Schnauze der Motorhaube gegen den zweifarbigen Balken, unter dem Kreuz der roten Blinklampen, sahen seine beiden Insassen die Waggons vorbeiziehen, kreuzten sie die flüchtigen Blicke der Fahrgäste unter dem dreifachen Hupen des Triebwagens, zwei schrille

Töne unterbrochen durch einen dunklen, eine Oktave tiefer.

Vital Veber betätigte den Knopf zum Fensteröffnen, um den Ton, den die Bewegung des Zuges verzerrte, in den Wagen hereinzulassen, dann schob er seinen Ellbogen nach draußen und betrachtete zwei vollkommen verwaiste Hunde, die sich auf ihrem Bürgersteigsegment ungeschickt beschnupperten, sich fieberhaft um sich selbst drehten und naturgemäß bei dem Versuch scheiterten, einander gleichzeitig zu besteigen. Veber hatte Schwierigkeiten, sich von diesem Spektakel loszureißen, hütete sich jedoch, die Aufmerksamkeit des Chiffreurs darauf zu lenken, der in eine Straßenkarte, die wie ein Plaid über seinen Knien lag, vertieft war. Statt dessen merkte er an, daß es sich nicht allzu sehr verändert habe, hier, seit 1955. Das stimmt, sagte der Chiffreur. Diese Ecke, die haben sie ziemlich verschont.

Die Spitze des Zugs war entschwunden, die Schranken gaben die Straße frei, der Peugeot legte noch drei Kilometer zurück, bevor er zum Eingang des Hotels hin abbog. Kein Wegweiser verriet die Existenz des Palasthotels am See, das von der Landstraße aus unsichtbar war. Ein ausgeklügeltes Gitter aus Stahlspänen war lediglich von zwei Marmorpfeilern eingerahmt, förmlich, würdevoll und tadellos wie zwei Haushofmeister, wobei einer von ihnen mit dem Knopf der Sprechanlage verziert war. Der Chiffreur stieg aus dem Wagen aus und drückte darauf.

– Veber, sagte er da hinein. Wir haben die Reservierung 9.

Das Gitter gab seinerseits den Zugang frei zu dem

engen Weg, der unter den Eichen und Eschen, den Buchsbaumkuben und Rasenflächen dahinkurvte. In all diesem Grün begegnete man hin und wieder einem Mann zu Fuß, mit einer Golftasche, einem Schläger, man fuhr an den Tennisplätzen entlang, in der Ferne die Pferdeställe, dann der Kricketplatz, das gigantische Schachspiel, und bald entdeckte man auch den großen, altrosa Korpus des Palasthotels, zusammengekauert und leicht gebückt, beruhigend wie ein guter, alter Milliardär. Das ist gut, sagte Veber, wir werden es gut haben. Finden Sie das nicht gut hier? Der Chiffreur nickte und blähte dabei seine Lippen als Zeichen einer gemäßigten Zustimmung.

– Das Nordost-Dossier, begann Veber nach einer Weile, meinen Sie, daß wir das schnell regeln können?

– Die Analyse ist ein Kinderspiel, antwortete der andere, das ist eine Sache von ein oder zwei Tagen. Was Zeit beanspruchen wird, ist zu sehen, ob das mit dem Bericht von Ratine übereinstimmt.

– Da ist noch das Oberflächenkomitee, gab der Generalsekretär zu bedenken. Und da sind auch noch all die Änderungsanträge des Büros.

– Heben wir das bis zum Ende auf, schlug der Chiffreur vor. Es ist besser, die Änderungsanträge des Komitees an letzter Stelle zu prüfen. Vergessen Sie nicht, daß man zunächst alles nach diesen neuen Boyadjian-Goldfarb-Normen indexieren muß. Jetzt wird nur noch damit gearbeitet.

– Großer Gott, beunruhigte sich Veber, Boyadjian-Goldfarb, das hatte ich völlig vergessen. Kennen Sie sie denn, diese neuen Normen?

– Goldfarb hat das Protokoll an mich weitergegeben, sagte der Chiffreur ruhig. Im großen und ganzen dürfte ich das System rekonstruieren können.

– Ausgezeichnet, schlußfolgerte Veber und zog dabei die Handbremse.

Sie stiegen aus dem Peugeot; schon leerten die Gepäckträger den Kofferraum mit Eilfertigkeit, der Fuhrmann ließ den Wagen hinter einer Ulmenreihe in Richtung Garagen entschwinden. Vital Veber ging seinem Chiffreur eine Stufe voran auf der Treppe, an deren Ende sich Perla Pommeck und Rodion Rathenau mit gleichmütigen Gesichtern und kreisförmigen Blikken diskret postiert hatten.

Vom Eingang des Hotels aus glitt diese Treppe sanft abschüssig dahin wie eine sterbende Welle, die vom Schotter aufgesogen wurde; sie war mit Balustraden in Stützhöhe gesäumt, die sich von den ersten Stufen an weiteten, um nach den letzten eine mit weißen Sesseln und weißen Tischchen unter blauen Sonnenschirmen möblierte breite Terrasse zu umfrieden. Im Herzen der Terrasse, dem Nabel des Palasthotels, geschützt durch ein fächerförmiges Glasdach, traten vier hohe, spitzbogige und gläserne Türen in einer konkaven Wölbung auf die Welt zu, um sich zur Hotelhalle hin zu öffnen. Unter dem Überdach erwartete der Direktor des Palasthotels am See in eisengrauem Cocktailanzug und zwischen zwei Reihen roter Pagen die Neuankömmlinge.

Jede Suite bestand aus einem Salon, einem Schlafzimmer, einem für einen Umkleideraum ziemlich großen Umkleideraum und einem Badezimmer für eine kinderreiche Familie. Vom Appartement des Generalsekretärs bot sich wie vorgesehen eine freie Sicht auf die Terrasse, den Schotter und den Rasen. Nachmittags stattete er seinem Chiffreur einen Besuch ab, bei dem im Gegenteil die Fenster von den ganz nahen Bäumen abgeschirmt waren; durch den Filter ihres Laubwerks und über den Golfplatz hinweg ahnte man kaum die Weite des Sees; in seinem Umkleideraum waren die Fenster blind, und ein Kronleuchter war die einzige Lichtquelle. Wir könnten uns dort zum Arbeiten niederlassen, schlug Veber vor, das stört Sie doch nicht? Mit ein oder zwei Zusatzlampen wäre das sehr gut. Wir werden sowieso nicht vor morgen anfangen. Bis heute abend also.

Das einzige Problem beim Abendessen war, daß die Gerichte etwas abstrakt klangen, der Generalsekretär zögerte noch zwischen einer Strolchfasanpreziose auf Rapunzelchiffon und dem Wolfbarschtüll Saint-Evremond unter Sherry. Er befragte den Chiffreur, dann den Oberkellner, da aber ihre Hypothesen seine Unruhe nicht absorbierten, beschloß er an diesem Abend, sich mit dem kürzesten Namen zu bescheiden, einem Ding, das Trauerentenexposé à la Bobigny betitelt war:

– Was den Wein angeht, entscheiden Sie bitte ganz nach Ihrem Geschmack. Im übrigen kann ich Sie beruhigen, wir werden nicht die ganze Zeit über arbeiten. Wir werden zunächst den Nordosten regeln, das ist die einzige Dringlichkeit, und dann, haben Sie gesehen, daß es hier einen Golfplatz gibt? Spielen Sie?

– Ziemlich selten, gab der Chiffreur zu.

– Ich persönlich, zwei unter Par, sagte Veber mit Freude. Ich kann Sie, wenn es Ihnen Spaß macht, für drei oder vier Löcher mitnehmen. Sie haben auch nicht vor, sich vom Hotel zu entfernen, nehme ich an – ich auch nicht. Höchstens ein oder zwei Erledigungen in Paris, vielleicht, und nicht einmal, ansonsten rühre ich mich nicht. Es ist eine paradiesische Ruhe hier.

Er zog aus seiner Tasche ein Faltblatt, das in seinem Zimmer gelegen hatte und die Dienstleistungen des Palasthotels im einzelnen aufzählte, dann las er die Besonderheiten des gigantischen Schachspiels vor, das ihnen morgens bei der Ankunft aufgefallen war: jedes Feld hatte die Größe von vier Standardschachbrettern, und alle Figuren – Könige und Damen in Naturgröße, Bauern in präpubertärem Format – waren auf Kugellager montiert; man kündigte für die nächste Saison gelenkige Pferde an. Das ist überhaupt nichts Neues, gab Veber gähnend zu bedenken, in Baden-Baden haben sie ungefähr dasselbe.

11 Um die Stunde, wenn Generalsekretäre in ihrer behaglichen Sommerfrische zu Bett gehen, entdeckte Chopin, als er nach Hause kam, den neuen Prospekt und noch einmal Nacera, ich liebe dich.

Wie üblich fand Chopin sehr bald kein Vergnügen mehr daran, den Mikropunkt zu suchen, ihn abzulösen, ihn zu entwickeln, zu vergrößern und dann zu entschlüsseln; sogar der Spionage wird man sehr bald überdrüssig. Es gibt ja auch Längen und lästige Zwänge in diesem Metier: zum Beispiel die vier Stunden, die es noch totzuschlagen galt bis zur neuen Vorladung des Obersts, weit außerhalb der Stadt.

Währenddessen ließ Chopin vor dem Fernseher einen Augenblick lang die Programme vorbeidefilieren und aß dabei ein Sandwich mit Hähnchen zu Abend: eine brünette Sängerin, ein blonder Sänger, ruandesische Tiere, Stabhochsprung und zwei Fernsehserien. Ich habe eine autonome Entscheidungsspanne gegenüber jeder Autorität, warnte der Hauptandroide einer der Serien. Achtung! erschauerte im anderen ein prognathischer Statist, der Befehl, das Monster zu töten, ist annulliert! Chopin kehrte zu der Sängerin zurück, die mit einem knappen, schwarzen Ensemble und schwarzen Stutzhandschuhen bekleidet war – hinter ihr lächelte das Orchester, drei luzide und entspannte junge Leute, auf allen Tasten seiner Klaviatur.

Dann nahm er ein sehr langes Bad, indes andere Sängerinnen sich im Radio abwechselten. Unbeweglich in der Rundung der Badewanne, ragte allein sein geköpfter Kopf zwischen den Schaumschwaden und Blasen aus der Flüssigkeit heraus, die beim Shampoonieren gefallenen Haare lavierten kaum sichtbar in gewisser Tiefe, Chopin betrachtete seinen sich in der trüben Masse brechenden Körper, er zählte die verschiedenen Stigmata auf, von den barbarischen Narben bis zu den zarten Nähten, Folgen der Operationskunst, der Unfälle und der Schläge – er situierte und datierte sie, von seinem Schmiß am Knie (Baccarat, 1957) bis zur Steifheit einer Mittelhand (Kanton, 1980), und dann die blauen Flecken, aber man weiß nie, woher die flüchtigen blauen Flecken stammen. Unterdessen fügte er hin und wieder warmes Wasser zu und war ganz Ohr für alle Sorten Sängerinnen im Radio, die Unergründlichen und die Ungestümen, die Kindlichen und die Abgebrühten. Als sie alle gesungen hatten, als keine mehr übrig war, stieg Chopin aus der Badewanne.

Gegen ein Uhr morgens, auf einer Sessellehne sitzend, mit einer Nagelschere bewaffnet, trennte er, wie man es ihm in der guten alten Zeit beigebracht hatte, die Markenzeichen aus seinen Kleidungsstücken. Wieder angezogen, blätterte er gegen zwei Uhr eine kürzlich erhaltene Broschüre durch, überflog ihr Inhaltsverzeichnis, zwei oder drei Listen mit Neuerscheinungen sowie die Rubrik Diverses, die über die Aktivitäten der Gelehrtenvereine berichtet; in der Bibliographie einer Längsschnittstudie, die neun Generationen von Antiphrissondipteren umfaßte, war einer der ersten Artikel seiner Karriere, der sich den Ausgußfliegen widmete, zitiert.*

---

* Chopin (F.), »Experimentale Bedingungen autonomer Flugleistungen der Psychoda *(Psychoda alternata)*«, *Annalen der Parasitologie, XX, Nr. 6, 1972, S. 467-473.*

Und gegen drei Uhr, als Chopin Paris durch die Porte d'Orléans verließ, tröpfelte es. Sein Wagen setzte sich auf der linken Spur der Autobahn fest, überholte eine Prozession leerer Sattelschlepper, verließ dann die Straße über eine schilderübersäte Ausfahrt, die den Nationalgroßmarkt ankündigte. Er fuhr die vergitterte Einfassung des Markts entlang, die mit Kameras behangen war, deren Aufgabe darin bestand, den zentralen Turm über den Verkehr der Fahrzeuge zu informieren. In der Warteschlange vor der Mautstelle am Eingang nahm sich der Karmann-Ghia zwischen den doppelten Reifenreihen der Sattelschlepper wie ein Zwerg aus; unter einer weiteren Batterie von Kameras erinnerten Schilder in arabischer und portugiesischer Sprache an das Verbot von Einzelhandelstransaktionen auf dem Gebiet des Nationalgroßmarkts. Nachdem er die Kontrolle passiert hatte und vor dem Pavillon der Schnittblumen abgebogen war, kreiste Chopin um die massiven Bauten, in denen all das enthalten war, was in Westeuropa gegessen wird.

Eine düstere, sechsspurige Straße, von eisigkalten Laternen skandiert, umzingelte das von Alleen und rechtwinkligen Straßen durchschnittene weitläufige Handelsgebiet. Als er sich dem Zentrum näherte, begann Chopin zwischen den Gebäuden flüchtige, vorhersehbare Umrisse zu ahnen: Männer, in blutiges Weiß gekleidet, reichen einander ein halbes Rind, fünfzehn für nichts und wieder nichts gestorbene Fische beißen vor dem Eingang des Meeresfrüchtepavillons in den Staub, ein Lagerist beschwört allein eine hundert Meter lange Schlange von Wägelchen.

Der Ort des Treffens mit Oberst Seck, die Halle der Innereien, war abseits der anderen gebaut und diskret auf die andere Seite der ringförmigen Straße verbannt worden. Es ist ein Raum, hoch wie eine Basilika und weitläufig wie ein australisches Fußballfeld, an jedem Ende mit dicken Platten aus durchsichtigem und weichem Plastik abgeschlossen, die man aufstößt, um einzutreten: hier wird verarbeitet was übrig bleibt, nachdem man zuvor das Fleisch abgezogen und das Skelett weiterverwertet hat, all das, was man zwischen Fleisch und Knochen ausschlachtet, dort werden Knorpel und Eingeweide verschoben, dort befaßt sich ein Brain-Trust von Kaldaunenkoryphäen damit, die Herzen und Nieren zu prüfen.

Neben dem Eingang, der der Straße entgegengesetzt ist, auf der Seite der Verschrottungshallen, quoll eine Reihe hoher, metallischer Mülltonnen unter der passenden Blässe der Straßenlaternen vor gelben oder weißen Gebeinen über. Chopin erkannte dort, im Winkel eines Schattens in der Rue du Jour geparkt, den nachtblauen Opel des Obersts; die Mülltonnenriege reflektierte sich in seiner Windschutzscheibe in Cinemascope.

Chopin parkte dicht neben dem Opel, schaltete den Motor aus und geduldete sich. Noch immer tröpfelte es. Drei Minuten schlichen dahin, ebenso wie drei Gabelstapler, die diverse fleischige Produkte palettierten, dann kam eine Silhouette vorbei und schüttete einen Posten Hirnschalen in einen der Container. Nachdem sie in die Halle zurückgekehrt war, rührte sich ringsum nichts mehr, bis Chopin die blaue Wagentür sich einen Spalt öffnen sah. Leise öffnete er dann die seine, und der Regen erreichte ihn kaum, seine Füße streiften kaum den Boden, mit einem Satz befand er sich auf dem rechten Vordersitz des dicken Opels.

Der Geruch im Innern der Kabine war die vollkommene Harmonie zwischen exotischem Rum, exotischem Holz und den Havanna-Fehlfarben, zwischen dem Aramis von Hermès und arabischem Mokka; angelsächsische Songs summten sanft über den säuselnden Absonderungen der Klimaanlage.

– Ich mag diesen Ort, sagte Oberst Seck, er ist die ganze Nacht hindurch belebt, er ist professionell, er ist gut. Nehmen Sie etwas, bedienen Sie sich. Zigarre?

Er tauchte mit der Hand unter das Autoradio, öffnete eine längliche Schublade aus Palisander, die einen Flachmann enthielt, eine vernickelte Thermosflasche, drei Phiolen und vier in ihr Filzfutteral eingebettete Becher. Ein bißchen Kaffee, sagte Chopin, danke.

– Veber ist heute morgen angekommen, kündigte der Oberst an. Sie werden sehen, das Hotel ist nicht weit von hier entfernt.

Es folgten Präzisierungen bezüglich der Uhrzeiten und der vom Generalsekretär entliehenen Verkehrsmittel. Ich kenne die Zimmernummer nicht, bedauerte der Führungsoffizier, aber ich habe jemanden vor Ort, der sie Ihnen sagen wird. Da sind noch zwei andere Personen, die mit ihm zusammen angekommen sind, das war natürlich zu erwarten. Ein Typ und ein Mädchen, sehr durchtrainiert. Sie verstehen schon, was ich meine.

Die angelsächsischen Songs hatten gerade aufgehört und der Oberst suchte andere, indem er den Frequenzsucher des Autoradios drückte, dabei alle Arten von Musik kreuzte, die ihm nicht zusagten, aber auch tiefe, in den Äther ausgestrahlte Stimmen, Discjockeys, die ins Leere ritten und deren angespannte Modulation die Beunruhigung verrieten, allein zu sprechen, ohne je eine Menschenseele zu erreichen.

– Wer ist das, Ihr Typ vor Ort? wollte Chopin wissen.

– Mouezy-Eon, sagte der Oberst, erinnern Sie sich nicht an ihn? Er wird immer da sein, wenn jemand mit Hand anlegen soll, aber letztlich kann ich dabei für nichts garantieren. Mouezy-Eon ist am Ende seiner Laufbahn. Er läßt nach.

Während Seck sprach, suchte er die richtige Musik, Chopin goß zwei Tropfen Rum in den Rest seines Kaffees, dann schaute er vor sich hin: draußen stürmte es noch immer ein wenig, die Regentröpfelchen setzten sich unbeweglich auf den Scheiben fest, strichweise, sie mußten sich zu mehreren zusammentun, sich zu einem großen Tropfen vergenossenschaften, um belustigt zusammen die Windschutzscheibe hinunterzurutschen, während auf deren Rückseite, im Innern des Wagens, sich die Dunsttröpfchen in gleicher Absicht liierten. Es kam vor, daß zwei Tropfen unterschiedlichen Typs gleichzeitig hinunterrutschten, festumschlungen, jeder auf seiner Scheibenseite, schienen sie diese zu durchsägen. Das war interessant.

– Scheißradio, urteilte der Oberst und erforschte dabei das Handschuhfach. Kurzum, Sie können sich das ausmalen. Ich möchte gern wissen, was Veber in dem Sektor treibt. Sie werden schon zu Rande kommen.

– Meine Möglichkeiten sind begrenzt, erinnerte Chopin.

Seck hatte gerade eine Kassette gefunden, die er in den Recorder stopfte. Ich weiß das ja, sagte er, aber glauben Sie nicht, daß Sie mit Ihren Fliegen?

– Ich habe es Ihnen schon gesagt, erinnerte Chopin, es ist immer dasselbe Problem. Sie sterben zu schnell, wenn man sie für den Einsatz präpariert. Sie müßten länger durchhalten können.

– Könnte man sie nicht stärken? wagte sich der Oberst vor und zielte dabei mit dem Stummel seiner Zigarre auf Chopin. Ihnen etwas geben?

Chopin überhörte diesen Vorschlag und sagte, ideal wäre es natürlich, wenn man dickere Subjekte benutzen könnte. Die halten besser durch. Aber je größer, um so weniger diskret, das ist das Übel mit diesen Viechern. Wenn es eine Fliege ist, möchte man sie sofort töten. Die Kassette hatte sich in Bewegung gesetzt, spulte ein Potpourri mit Werken von Engelbert Hemperdinck und Roger Wittaker ab, ein Leckerbissen für den Geschmack des Obersts Seck. Sein Fuß schlug leicht gegen das Bremspedal.

– Trotzdem, fuhr Chopin fort, ich kann nicht glauben, daß Sie nichts Perfektionierteres haben. Bei all dem, was es heute so gibt.

– Haben wir, sagte der Oberst, haben wir. Aber ich bin überrumpelt worden. Sonst könnte ich über alles verfügen, das können Sie glauben. Die ganzen Mikrokanonen, die Fernbedienungssysteme, all die Koffer, die eine Menge Sachen machen, natürlich haben wir das alles. Nur ist unsere Abteilung zur Zeit überlastet, alles wurde von den Kollegen ausgeliehen.

Hinter ihnen hatte seit einer Weile der Verkehr der Laster zugenommen, das Kommen und Gehen der Käufer und Verkäufer, der Einzelhändler und Großhändler ähnelte einem Ameisenhaufen; und daneben intensivierte sich spürbar das Hin und Her der Gerippe. Der Oberst warf einen Blick auf seine Patek-Philippe und steckte seinen Stummel in den Aschenbecher zurück:

– Zehn vor vier, es wird langsam Zeit. Bald kommt die nächste Flut, und dann wird hier ziemlich viel los sein. Seien wir vorsichtig. Sie fangen morgen an?

Auf der Autobahn zurück fuhren auch mehr Lastwagen, eine fast ununterbrochene Schlange, die eine Art wildwüchsigen Militärkonvoi bildete, eine Söldnerparade mit bunten Planen, bereit, sich in irgendeinen Nahrungskrieg zu stürzen, in Paris aber war es dann ziemlich menschenleer. Und entlang der erstarrten Straßen hallte der Motor des Coupés klagend zwischen den steinernen Fassaden, wie das Stöhnen eines einsamen Mannes zwischen seinen vier nackten Wänden.

12 Suzy war natürlich, als sie klein war, nicht verrückt, sie taufte eben nur ihre Körperteile: ihr Magen hieß demnach Simon, ihre Leber Judas, ihre Lungenflügel Pierre und Jean. Ihr Herz wechselte nach Belieben seine Identität, nachdem es zunächst im Alter von vierzehn Jahren die eines gewissen Robert annahm, der sie als erster geküßt hatte. Suzy hatte Robert gern gemocht, er war nicht allzu gesprächig, aber er war sicher der hübscheste Knabe der suburbanen Zone. Bevor es ihm gelang, sie wirklich zu küssen, hatten sie sich Wochen um Wochen und Stunden um Stunden die Hand gehalten, an die Wand gelehnt, nebeneinander, in der Nähe der Garagen, wortlos; sie schauten den anderen zu, die lauthals lachten und dabei ihre frisierten Mopeds dröhnen ließen, dann begleiteten sie sich endlos gegenseitig nach Hause, durch die Siedlung hindurch, vom Fuß des einen Hochhauses zum anderen. Nach Robert war die Abfolge der Suzys Herz zugeschriebenen Vornamen nicht sehr klar, sie erinnerte sich an den des Bruders ihrer englischen Brieffreundin, dann an den des Sohnes eines Polizeiwachtmeisters, nicht gerade wenig Braunhaarige alles in allem, darunter ein ziemlich schlapper, aber sehr, sehr witziger Bademeister. Gérard.

Als sie zwanzig war und weit entfernt von Blois, hatten einige längere Geschichten namentlich zwei Malern einen Auftritt verschafft, Charles Esterellas, dann Eliseo Schwartz, zwei Künstler, die Oswald später, im Verlauf der Umzüge, immer wieder vor die Frage stellen würden, wo er die Porträts, die sie von Suzy angefertigt hatten, aufhängen sollte. Dasjenige von Esterellas, vor dem Hintergrund eines Hochofens, fand ziemlich schnell einen Platz in der Diele, aber etwas komplizierter war es mit dem Werk von Schwartz, einem Akt unter der Dusche, den Oswald sich weigerte, im Wohnzimmer auszustellen, ebenso im Schlafzimmer und natürlich auch im Badezimmer. Suzy, so von ihren ehemaligen Liebhabern gesehen, unter Oswalds Augen und jedermanns Blick, das fand das Ehepaar Clair sehr lästig, es hatte sich jedoch darauf geeinigt, sich ihrer nicht zu entledigen. Der Akt unter der Dusche stand folglich eine Weile herum, umgedreht in einer Ecke, dann fand man für ihn einen besseren Platz ganz unten im Kleiderschrank, wohin ihm einige Monate später der Hochofen ohnehin folgte.

Als sie in die Rue de Rome einzog, hatte Suzy alle Bilder, ohne sie auszupacken, vergraben, ganz unten in dem neuen Kleiderschrank, und in den sechs Monaten nach Oswalds Verschwinden nichts an den Wänden befestigt. Dann erschienen sehr allmählich eine Ansichtskarte, eine Zeichnung von Jim, gegen Bücher gelehnt oder auf dem Kamin, die zwei Reproduktionen an den Wänden ihres Schlafzimmers und das über ihrem Schreibtisch geheftete Foto der Maharadschahs.

Gegen zehn Uhr hatte sie sich vor diesen Schreibtisch gesetzt, zwei Eisenböcke, darauf eine große und dicke Glasscheibe, auf der sich ebenfalls transparente Gegenstände befanden – der gläserne Backstein des Aschenbechers, das Mineralwasser in der Plastikflasche – sowie andere, viel undurchsichtigere: das weiße Papier, die schwarze Maschine und das rote Kofferradio, durch das Gerry Mulligan gerade frischen Wind hereinbrachte. Suzy arbeitete schnell und ohne zu korrigieren. Durch die geschlossenen Fenster gelangte der Lärm der Stadt herein wie über den Dämpfer eines riesigen, monotonen Klaviers, die linke Hand des Künstlers gewährleistete durch fortdauernde Akkorde das dumpfe Dröhnen des Rumorens, während die rechte improvisierte, über klirrenden und hastenden, hellen und präzisen Motiven, die von den Stoßstangenschlägen, dem Hupen der Rue de Rome und dem Glasbrechen im Spiegelwerk geliefert wurden. Über allem das Klingeln des Telefons.

– Ich bin's wieder, sagte Frédéric, kann ich vorbeikommen? Ich bin mit einem Freund zusammen, nicht weit weg von Ihnen. Wir brauchen nicht lange.

Kaum hatte sie das Fenster geöffnet und geschlossen, schon waren sie da. Frédérics Freund war ein großer junger Mann, sehr hager und sehr schüchtern, mit dem Kopf eines Wildpferdes und komplexem Bürstenhaarschnitt, einem Rattenschwanz im Nacken mit drei abstehend gebrushten Strähnen, sein Haarschnitt dürfte in seinem Budget einen eigenen Posten ausmachen.

– Ich möchte Ihnen Lucien vorstellen, sagte Frédéric, das ist ein unglaublicher Glücksfall. Erzähl, Lucien.

– Es geht um Ihren Mann, errötete der junge Mann.

Er vermied, Suzy ins Gesicht zu sehen, und begann zu sprechen: seine hohe, etwas angeschlagene Stimme schien durch oxidierte Knacklaute produziert zu werden, und sein Bericht wimmelte nur so vor peniblen Pausen, Kommas und Semikolons, während derer er mit verzerrtem Gesicht ein wenig Speichel schluckte, begleitet von einem quälenden Siphonzischen und einem langen Auf und Ab des Adamsapfels. Nach beendigter Rede schniefte er mit Hilfe seines Daumens, ein diskreter Schlußpunkt, bevor er schweigend einen seiner Füße musterte. Suzy betrachtete ihn mit Neugier.

– Aber sagen Sie, fragte sie leise, woher wissen Sie das alles. Lucien blickte erschreckt, verzerrte den Mund und wandte sich Frédéric zu. Er darf es Ihnen nicht sagen, versicherte Frédéric väterlich. Vertrauliche Dinge, die er durch Zufall, durch seine Arbeit erfahren hat. Wenn man erfährt, daß er das herumerzählt, könnte er sie verlieren, diese Arbeit. Seine Haare reichen schon. Aber wir wollen Sie nicht länger stören.

Sie erhob sich nach ihnen und mit kleiner Verzögerung von ihrem Sitz, schaute sich kurz um, als stiege sie aus einem Zug und vergewissere sich, daß sie nichts vergessen hatte. Die zwei jungen Leute waren vorgegangen, sie warteten bereits am Ende des Flurs auf sie, mit einer erneuten Verzögerung kam sie nach, um ihnen zu öffnen, und hinter der Tür stand Chopin, mit erhobenem Zeigefinger, zum Klingeln bereit. Suzy schloß die Augen. Ist etwas nicht in Ordnung? fragte Chopin.

Er trat zur Seite, ließ die jungen Leute vorbei, die ihn grüßten, sich höflich verabschiedeten und sich dann leise sprechend entfernten, Suzy sah, wie Lucien sich kurz vor dem Fahrstuhl nach ihr umdrehte. Sie wirkte nicht sehr aufmerksam, als Chopin ihr ankündigte, daß er für ein paar Tage verreisen müsse, für eine Woche höchstens, eine lästige Sache: aus beruflichen Gründen sah er sich gezwungen, in Marseille an einem Seminar über diverse Parasiten teilzunehmen, Bettwanzen, Kleidermotten, Körperläuse. Er verlegte sich darauf, über die abwegige Sexualität der Bettwanze zu scherzen, die zum genitalen Glück gelangt, indem sie ihren Partner im Verlauf des Akts durchlöchert, aber so ganz seiner sicher schien er auch nicht zu sein. Ist etwas nicht in Ordnung?

Sie schwiegen und standen dabei im Wohnzimmer, Chopin drückte Suzy an sich, die Augen in ihren Haaren, und wagte nicht wirklich zu fragen, was los war, wer diese jungen Typen waren, die er gerade gesehen hatte. Ihre Augen waren offen, fixierten irgendein durchscheinendes, weißes, für die Allgemeinheit unsichtbares Ding hinter Chopins Schulter. Dennoch befanden sie sich fast gleich danach in Suzys Schlafzimmer und legten ihre Kleider ab, eilig wie an einem Strand, wenn jemand Sie vom lebhaften Wasser aus ruft, und Sie rennen, und die Laken rollen sich zu Wellen, und Sie tauchen, treiben und schwimmen sehr lange, im Delphin- und im Schmetterlingsstil, und erschöpft kommen Sie dann zurück und sinken auf den Sand zwischen die Falten der Frotteetücher, und Sie bleiben liegen, schweigend und durchnäßt, von Sand bedeckt und Salz, dann von Schweiß, Sie glühen unter der Sonne, Ihre Lider sind geschlossen im Duett, auf dem Himmelbett.

13

Dienstagmorgen, Koffer und Handkoffer in der Hand, fand sich Franck Chopin in der Halle des Palasthotels am See ein. Während der Empfangschef in seinem Buch die Reservierung überprüfte, fotografierte Chopin mit dem Blick die am Brett hängenden Zimmerschlüssel, um ein Phantombild davon zu erstellen.

Vom Sekretariat des Obersts auf den Namen Bernard Blanchard reserviert, vereinte das Chopin zugedachte Zimmer Elemente der traditionellen französischen Hotellerie (glänzendes Parkett, Stilmöbel, dickes Federbett) mit ultramodernem, internationalem Komfort (Pulsierdusche mit Modulationsstrahl, ferngesteuerte Stores und Vorhänge, Endlosvideos mit sanften Pornos). Die Tapete an der Wand bildete ein diskret trikolores Blumenmotiv ab, das sich auf dem Stoff des Sessels und der Bettdecke wiederholte.

Chopin brachte das Federbett außer Atem, als er seinen Koffer auf das Bett legte, ihn öffnete, seinen Kulturbeutel herausholte: zwischen den Zähnen des Kamms entnahm er eines seiner Haare, das er, nachdem er seinen Handkoffer dort deponiert hatte, auf der Tür des Schranks befestigte. Dann hielt er sich einen Augenblick lang am Fenster auf, aus dem man sehr gut die Oberfläche des Sees erkannte, einen vor leichten Jollen strotzenden Spiegel, und fuhr wieder ins Erdgeschoß hinunter. Einer Assoziation folgend, warf Chopin im Spiegel des Fahrstuhls einen kurzen Blick auf seine Schläfen – die neuesten Nachrichten von der Front des Haarausfalls.

Ein knappes Dutzend Hotelgäste saß um diese

Stunde auf der Terrasse, auf den mit grellen Kissen gerüsteten weißen Sesseln. In der Mitte ruhten, hingesunken, zwei oder drei Nabobs mit ultraviolett gekupferten Gesichtern, die auf Wohlhabenheit und Wucher schließen ließen, begleitet von reizenden Sekretärinnen und reizbaren Ehefrauen. Am Rand, neben den Balustraden, verkrampfte sich eine schöne Dame mit verstörtem Blick, sehr nervös und sehr gut angezogen, die von einer anderen, viel älteren und viel weniger schönen Dame getröstet wurde. Noch näher an den Stufen befand sich ein uneheliches Paar, von einem besonders anschmiegsamen Setter flankiert, der immer zwischen ihnen intervenierte wie ein schlechtes Gewissen: um sich zu berühren und sich zu küssen, mußten sie ständig diesem Hund ausweichen, diesen Hund zurückdrängen, sich im Nicht-Hund einen Weg bahnen. Schließlich kapitulierten die Geliebten und erhoben sich, um sich in den Park zu entfernen, von dem unermüdlichen Tier begleitet, das zwischen ihnen herumsprang und unter den Pappeln kapriolierte. Chopin, der in der Nähe der Hoteltüren unter dem Glasfächer stehengeblieben war, folgte ihnen mit dem Blick.

Unterhalb der Terrasse, auf seinen Klappstuhl niedergelassen, bekleckste ein Aquarellist reiferen Alters ein auf einem Dreifuß befestigtes Royal Super mit Tupfern. Einer der plötzlichen Seitensprünge des Setters hätte fast die Staffelei umgerempelt, und der aufgebrachte Liebhaber begann diesem Vieh, das stets um sie herumhuschte, den Aufenthalt verpfuschte, diskret mit dem Tierheim zu drohen. Chopin löste sich vom Eingang des Palasthotels, überquerte die Terrasse und ging in gleicher Richtung die Stufen hinunter.

Der Aquarellist sah aus der Nähe nicht viel älter aus als die herumlümmelnden Nabobs, aber die Auswirkung des Alters auf ihn war viel größer, viel grauer. Er malte, in beige gekleidet, sein überdrüssiger Blick ruhte abwechselnd auf seinem Modell, auf seinem Werk, mit einem Schimmer bedauernden Erstaunens, wie jemand, der einen Knockout hinter sich hat. Im Augenblick rührte er sich nicht, hielt seinen Pinsel in der Schwebe. Chopin blieb hinter ihm stehen: in einem angestrengten Verfahren stellte das Aquarell die Fassade des Hotels dar, mit ihren hohen, gläsernen Türen, ihren geschlossenen Fensterreihen, deren Details auf stundenlange Akribie schließen ließen. Wahrscheinlich seit dem frühen Morgen hier postiert, dürfte dem Künstler nichts von dem Kommen und Gehen der Gäste entgangen sein, die sehr häufig auf seiner Höhe ihren Schritt verlangsamten, auf das Werk ein kritisches Auge, dann auf die Fassade einen kontrollierenden Blick warfen, bevor sie sich wieder entfernten.

Chopin entfernte sich nicht. Exakt zehn Sekunden vergingen, dann lebte der andere auf: nachdem er den Pinsel flink in die Farbe getaucht hatte, ließ er mit einigen Strichen ein Fenster der ersten Etage sich öffnen, auf dessen Scheibe für einen Augenblick sogar ein Lichtschein zickzackte. Dann erschien in der Öffnung eine flüchtige, bewegliche, sehr schnell skizzierte Figur, ein kurzer Übergriff des Trickfilms auf das Stilleben, die unmittelbar danach in einem schwarzen

Kreis verschwand wie es Loopy the Loop und Woody Woodpecker am Ende jeder Episode tun *(That's all, folks!)*. Kaum hatte er die Farbe gewechselt, schon schloß sich durch drei neue Striche das Fenster, die Fassade fand wieder zu ihrer Aquarellruhe zurück, und nichts war geschehen. Chopin ließ zehn weitere Sekunden verstreichen, ohne einen Blick auf das Fenster zu werfen, in dem gerade eben, unter den schnellzüngigen Fingern Mouezy-Eons, das Konterfei Vital Vebers erschienen war. Und jetzt an die Arbeit.

Das gelbe Haar war immer noch an der gleichen Stelle in der Rille des Schranks, aus dem Chopin seinen Handkoffer herausholte. Das Innere dieses Gepäcks war in Abteile gegliedert: so flatterten zwölf junge und flinke Fliegen in einem Gitterverschlag, ebenso viele Larven ruhten auf dem Grund eines anderen aus Plexiglas. Einige Zellen enthielten feine, spitze Werkzeuge, einige Röhrchen und Fläschchen, Posten winziger elektronischer Bauteile, und drei größere Unterkünfte beherbergten einen HF-Empfänger mit eingebautem Tonband, ein Mikroskop, eine frontale Operationslampe. Chopin packte die Requisiten aus, ließ die Fliegen Revue passieren und wählte drei robuste Subjekte aus.

Das Schwierige war, das Insekt in den Griff zu kriegen, aber sobald man es einmal gefangen, umgedreht und unter das Objektiv des Mikroskops geklemmt und die Muskelmotorik der Flügel und Beine durch Druck auf die Mittelbrust gehemmt hatte, war es für Chopin ein Kinderspiel, ihm ein Mikrophon auf den dritten Brustring aufzupropfen, genau zwischen die Schwingkölbchen zentriert – jedenfalls nicht komplizierter als das Einstellen eines Radargeräts dreißig Jahre zuvor, abends, nach der Schule, auf einem Messerschmitt- oder Spitfiremodell 1 : 72.

So für den Einsatz präpariert, kehrten die Fliegen schwerfällig in ihren Käfig zurück, stieben hoch, prallten zurück, vom Operationsschock offensichtlich betäubt. Sie ruhten zunächst eine gute Weile, um sich an diesen neuen Ballast zu gewöhnen, zwei von ihnen nahmen schließlich einen erneuten Anlauf, regenerierten sich umherkurvend und nahmen dann nach und nach in der Luft ihren gewohnten Schwirrflug wieder auf. Die dritte erhob sich nicht wieder; nach einigen Belebungsversuchen, miniaturhaften Herzmassagen, holte Chopin das Mikro wieder aus ihrem Kadaver heraus, bevor er die zwei widerstandsfähigeren Subjekte isolierte, jedes nun in seiner individuellen Zelle, um zu vermeiden, daß sie beim Paaren die Anlage durcheinanderbrachten. Dann suchte er im Telefonbuch nach den Adressen der Blumenhändler, der nächstgelegene war in Valenton. Ebenso wie er manchmal die Filme im Fernsehen anschaute, nur um Marianne sie ansagen zu sehen, ebenso besorgte er sich jetzt, in einem kleinen Zeitungsladen am Eingang von Valenton, eine Modezeitschrift, in der Carole ihre Fotos veröffentlichte. Marianne, die frostig ist, sobald sie die Sunlights des Studios verläßt, Carole, die, sobald sie die ihren verläßt, ihr Glas schwenkt und nach Champagner ruft, ist es die eine oder die andere, die Chopin wirklich will, ist es die eine oder die andere, die er an sich drücken könnte, wenn er endlich, seine

Eltern besucht, die er seit zwanzig Jahren nicht wiedergesehen hat? Nein, nein, nein.

Der Hin- und Rückweg nach Valenton nahm zwei Stunden in Anspruch. Als er aus dem Blumenladen kam, tätigte Chopin in einem Schreibwarenladen auch den Kauf eines blauen Klebebands, dann aß er an der Theke eines Eckcafés ein Schinkensandwich zu Mittag, blätterte seine Zeitschrift in der Nähe eines jungen Typs und eines großen, gebleichten Mädchens durch, die bei einem Kir das Leben nach dem Tod erwogen: die Wiedergeburt, resümierte der junge Typ, ist doch nicht für die Katz. Ganz allein im hinteren Teil des Raums führte ein Taubstummer in seiner Zeichensprache Selbstgespräche, indem er unter dem Tisch diskret seine Finger zwischen den Beinen bewegte. In den geläufigsten Codes bewandert, begriff Chopin, daß der Mann ein eheliches Problem, dann eines der Sozialunterstützung durchging, das durch eine Mahnungsgeschichte verkompliziert wurde.

Ins Hotel zurückgekehrt, schloß sich Chopin zwei weitere Stunden in seinem Zimmer ein, um seine Ausrüstung zu vervollständigen, dann begab er sich nach unten, um sich umzusehen. Es ging auf den Spätnachmittag zu, die ersten Gläser wurden in der Bar bestellt, in deren hinterem Teil, vor einer Untertasse ölhaltiger Samen und zwei Gläsern Vittel, die Leibwächter des Generalsekretärs saßen. Auf der Stelle identifizierte Chopin sie als solche.

14 Das Wachen über den Leib eines Generalsekretärs war gewiß nicht der erste Auftrag für Perla Pommeck und auch nicht für Rodion Rathenau. Blond, mit sehr dunklen Augenbrauen, aus einem begüterten Biotop hervorgegangen, hatte Perla die ersten siebzehn Jahre ihres Lebens an den schicken Stränden verschiedener Binnenmeere verbracht. Auf plebiszitäre Weise im August 1980 zur Miß Sewastopol gewählt, war sie schon im Oktober darauf von den Spezialeinheiten rekrutiert worden, die sie anfänglich zu dem Zweck ausbildeten, die Faktoten der Botschaft umzudrehen. Da sie sich als Vamp nur bedingt geeignet erwies, wurde sie ein Jahr später zu den Techniken der Nahüberwachung rekonvertiert, mittels eines intensiven Trainings, angereichert mit Anabolika. Ihre Ausdrucksweise war ziemlich roh.

Rathenau verdankt seinerseits seine Karriere der Kompensation eines Kinderhandicaps. Zu früh geboren und früh schon Opfer einer schweren Avitaminose, so rachitisch und schmächtig, daß man ihm in der Schule den liebenswerten Spitznamen B 12 gab, schwor er sich von Jugend an, seine Muskulatur übermäßig zu entwikkeln. Krankengymnasten und Sportlehrer wurden von da an, bis zum Erwerb einer Stahlmorphologie, seine einzigen Meisterdenker. Doch leider hielten es seine Chefs nicht mehr für notwendig, sobald er in die Welt der Geheimdienste eingetreten war, seinen einstigen Spottnamen zu ändern, befanden vielmehr zu Rodions wirklicher Verzweiflung, daß B 12 einen Codenamen abgab, der ganz und gar dem Stil der Institution entsprach.

Nachdem er ihnen aus dem Weg gegangen war, verließ Chopin das Palasthotel, umrundete den Korpus des Gebäudes, drehte auf den Golfplatz zu und überquerte das Green in Richtung See. Zwei Schiffe besetzten eine winzige, von fünf Metern Mole begrenzte Bucht: ein zwergenhafter Außenborder, die Quadratwurzel eines Chris-craft, und eine kleine Fähre mit einer Reling aus Kordeln, mit an der Brücke festgeschraubten Bänken und einem Baldachin aus gestreiftem Tuch. Jenseits davon, im Wasser des Sees sich spiegelnd, folgten sich am Himmel die grauen und weißen Flugzeuge des nahen Flughafens, unablässig, jedes in seinem Korridor.

Chopin hielt sich eine knappe Viertelstunde dort auf und drehte sich dann, bevor er auf sein Zimmer ging, dem Hotel zu: Pappeln verdeckten den Rücken des Gebäudes bis zur zweiten Etage, über der er das Fenster seines Zimmers ortete. Und im ersten Stock, in dem Arbeitsraum, der am Vorabend beim Chiffreur eingerichtet worden war, hatte Vital Veber gerade das dicke Nordost-Dossier zugeklappt:

– Das reicht für heute, seufzte er, das reicht. Ich kann nicht mehr. Haben Sie Lust, bei mir noch einen Schluck zu trinken?

Der Chiffreur nickte zustimmend, während er die verstreuten Dokumente aufräumte, dann durchquerten sie das Stockwerk bis zur Suite von Veber, der sich sogleich in einen Sessel fallen ließ, indes der andere die Gläser vorbereitete. Der Generalsekretär schien wirklich müde zu sein, die Augen hatte er geschlossen, sein ganzer Körper lastete auf der Lehne, er hielt zwischen zwei Fingern die Wurzel seiner Nase. Es klopfte an der Tür.

– Seien Sie so nett, schauen Sie mal nach, sagte Veber, ohne die Lider zu heben.

Es war ein Page in Rot und Gold, hinter einem riesigen Blumenstrauß versteckt, einem Halleluja purpurroter Gladiolen, in einer undurchlässigen und sackförmigen Cellophanhülle zusammengepreßt, die ein breites Band mit einer komplizierten Schleife verschloß; die Fransen und Spiralen des Bandes fielen in Korkenzieherform herab wie Löckchen, wie die Kräusel einer schwülstigen Unterschrift. Veber öffnete ein Auge und fragte, was ist das. Für wen ist das denn.

– Monsieur Veber, sagte der Page.

– Ist keine Karte dabei?

Der Chiffreur hatte den Blumenstrauß entgegengenommen, er dreht ihn um und sagte, nein, keine Karte.

– Schicken Sie ihn zurück, sagte Veber mit matter Stimme. Oder doch, nein, lassen Sie, ich werde mich drum kümmern. Es wird mich entspannen. Wir werden ihn dorthin stellen, genau. Aber dafür braucht man eine Vase oder so etwas.

Der Page kam mit einer Vase wieder, einem ganz schlichten Kegelstumpf aus Kristall, den er am Wasserhahn der Badewanne füllte, während Veber die Verpackung des Blumenstraußes entfernte und somit Chopins zwei Sonderberichterstatterinnen befreite, die sogleich begannen, die Tonspur einzusammeln. Die Hände auf dem Rücken verschränkt, sah der Chiffreur ihnen zu. Haben Sie die Fliege gesehen? fragte er. Die was, sagte Veber zerstreut, während er die Gladiolen zu einem Gebinde ordnete, nein, nein. Dann steckte er den Blumenstrauß in die Vase und stabilisierte ihn dort mit Stoßdämpfern aus Asparagus. Zwei Etagen höher, zwei Hörer auf seinen Ohren, beglückte es Chopin, zu erfahren, daß die Blumen ihm gefielen.

Als der Chiffreur sich zurückgezogen hatte, leerte der Generalsekretär sein Glas und machte sich ein wenig frisch, bevor er seine mit einer dünnen Kordel verschlossene und mit Molton gefütterte zweireihige Hausjacke über einem zu einer Rüsche geknoteten Schal anzog. Er ging eine Weile im Zimmer auf und ab, mit gewölbter Brust, die Hände in die Taschen seiner Jacke gesteckt. Diese waren ein wenig zu hoch angenäht, seine Ellbogen standen zu beiden Seiten seines Oberkörpers wie verkümmerte Flügel hervor, wie die Flügel eines Pinguins. Chopin verzeichnete im Augenblick nichts Interessantes: Geräusche eines Tropfenzählers und einer Zahnbürste, ein Seufzer, kurze Schimpflaute.

Vital Veber blieb in der Nähe des Fensters stehen und öffnete es, wie er einige Stunden zuvor von Mouezy-Eon gemalt worden war, den er im übrigen wahrnahm, ohne ihm große Aufmerksamkeit zu schenken: der Aquarellist hatte seinen Posten unterhalb der Terrasse nicht verlassen, reproduzierte hartnäckig das Hotel bis zu den letzten Strahlen des Tageslichts. Chopin vernahm das leichte Knarren des Fensters und kurz danach bestätigte die ganz andere Geräuschkulisse – Wehen des Windes, Vogelgesang, Höhenstille – seine Befürchtungen: aus Vebers Suite geflohen, sobald er das Fenster geöffnet hatte, sendeten die

Fliegen jetzt life aus dem Park. Chopin fluchte leise durch die Zähne, nahm die Hörer ab, packte die Ausrüstung ein und ging in die Bar hinunter, um wie alle anderen einen zu trinken.

Am Ende der Halle und kurz vor dem Eingang zur Bar erstreckte sich ein Raum ohne genaue Berufung, den man in anderen Zeiten Rauchsalon genannt haben dürfte. Dort waren ein Dutzend Gemälde ausgestellt, die von verschiedenen Malern stammten und alle das Palasthotel am See darstellten, zur Gänze oder im Detail: die Fassade, aber auch den Wintergarten, eine Ecke der Terrasse, ein Stück Mauer. Unter ihnen erkannte Chopin sehr schnell, an der peinlichen Sorgfalt, ein unveröffentlichtes Werk von Mouezy-Eon; der Rahmen war ganz neu, die Farbe kaum trocken, es hing nicht lange da. Ein schattiges Fenster auf dem Rücken des Gebäudes hatte die Inspiration des Künstlers besonders geweckt. Chopin prägte es in sein Gedächtnis ein, bevor er die Bar betrat.

Eine reife Pianistin waltete ihres Amtes, auf den Millimeter dauergewellt, mit der Spritzpistole gefärbt und lackiert, ein opulenter Fundus an falschen Zähnen und Perlen. Sie walkte gerade den Refrain von *September song* durch, als er eintrat. Zwei der Nabobs, die morgens auf der Terrasse gesichtet wurden, tranken mit ihren Sekretärinnen Pimm's an der Bar, und im Hintergrund des Raums war noch immer Rodion Rathenau auf den gleichen Sitz aufgepropft, wo er sich mit ölhaltigen Samen mästete und diese mit stillem Wasser begoß. Chopin plazierte sich nicht weit von den Nabobs entfernt, schnappte einige Fetzen ihres

Gesprächs auf (Ach so? Sie hat ihren Amerikaner verlassen?) und begutachtete dabei das Mobiliar aus poliertem Leder und Holz. An den Wänden stellten alte Stiche englische Pferde dar, Tarbeser Halbblüter, Orlofftraber, und auf der anderen Seite der Theke war nichts als gewienertes, patiniertes, schillerndes Zubehör, das die makellosen Barkeeper priesterlich handhabten. Es war erholsam, die Musik war erholsam, Chopin bestellte sich einen Bronx.

Beim vierten Pimm's war es Zeit, zum Abendessen zu gehen, die Gläser hatten sich ihres Inhalts entleert, die Bar des ihrigen, nun galt es, einen ersten Bericht für Oberst Seck anzufertigen.

Eine Stunde später parkte der Karmann-Ghia folglich an der Ecke der Rue Lafayette und der Rue Bleue vor einer Telefonzelle. Es handelt sich vornehmlich um ein Büroviertel: nächtliches Leben existiert dort kaum, man sieht dort nach zwanzig Uhr wenig Licht in den Fenstern und wenig Passanten, von einigen Touristen abgesehen, die europäisch, betrunken und zufrieden sind, endlich ihr Hotel wiederzufinden. Chopin betrat die Kabine. Durch ihre Glaswände hindurch inspizierte er die beiden Richtungen der Rue Lafayette, als wollte er sich vergewissern, daß niemand ihn beim Abnehmen sehe. Nur daß er nicht abnahm: lediglich mit einem Blick wählte er auf der Scheibe Suzy Clairs Nummer. Dann holte er aus seiner Tasche das blaue Klebeband, riß prompt ein Viereck ab und klebte es unter den Rumpf des Apparates, bevor er die Kabine verließ.

Hundert Meter weiter befand sich ein kleines Kino, das *Forbidden Planet* wiederholte, einen Film, der von

Chopin geschätzt und 1956 von Fred Mac Leod Wilcox gedreht wurde; er hätte gerade noch Zeit, vor der Zehnuhrvorstellung eine Kleinigkeit zu essen. In einer nahegelegenen Bierbar ließ er sich ein Bass und ein Paar Würstchen bringen, deren feste Haut, synthetisch wie Nylon, beim Zerbeißen ein beunruhigendes Knirschen erzeugte.

Folglich sah Chopin erneut *Forbidden Planet,* wo man unter anderem einen Tiger anmutig sich mitten im Sprung im frisch erfundenen Technicolor auflösen sieht. Beim Verlassen des Saals machte er einen Umweg über die Telefonkabine, bevor er seinen Wagen aufsuchte. Als er mit den Fingerspitzen unter dem Apparat tastete, machte er das Klebebandviereck ausfindig, das glatter und lauer war als das Metall. Er löste es mit der Spitze seines Fingernagels, begutachtete es dann: seine Farbe hatte sich verändert. Als Empfangsbestätigung des blauen Vierecks bedeutete dessen gelbe Färbung nach dem üblichen Code, daß der Oberst zur Verabredung käme, heute abend, gleiche Stelle, gleiche Stunde wie das letzte Mal.

Auf dem Rückweg ließ Chopin das gelbe Viereck zerstreut auf seiner Fingerspitze kleben, pusselte daran herum wie an einem Hautfetzen oder an einem alten Heftpflaster. In seinem Zimmer im Palasthotel stellte sich bei der Inspektion heraus, daß wieder zwei Fliegen verstorben waren. Da die Larven im Augenblick nicht reif genug waren, würde sich das Problem des Nachwuchses zwangsläufig stellen.

15

Er parkte drei Stunden später vor der Halle der Innereien, und dieses Mal wartete Chopin nicht darauf, daß man ihm die Tür des Opels halb öffnete: stracks stieg er ein. Anstelle von Oberst Seck saß jedoch ein anderer Mann am Steuer, der geduldig in einer Denksportzeitschrift blätterte: Chopin erkannte auf der Stelle den ehemaligen Frontkämpfer Fernandez, der von der Sühnekapelle in den Offizierswagen versetzt worden war. Eine Mütze ersetzte das Käppi, seine Wächteruniform gab eine sehr passable Chauffeurslivree ab, außerdem ist die Geduld ja das Schicksal dieser beiden Berufe. Das Autoradio lief.

– Der Oberst ist für einen Augenblick weg, sagte Fernandez und zeigte auf die Halle, er ist da drin. Er wird gleich kommen.

– Na gut, sagte Chopin, warten wir eben.

Wie in der Nacht zuvor kamen Männer vorbei, die sich hin und wieder an hohen Containern ihrer gespaltenen Schädel und zerstückelten Gerippe entledigten: letzten Endes überwachte Fernandez Gebeine, genau wie zuvor.

– Nun, meinte Chopin. Nicht mehr im Louis-XVI?

– Ein alter Kamerad, der etwas suchte, erklärte Fernandez. Der Oberst war so freundlich, sich einzusetzen, er ist sehr gut, er hat mich zu sich genommen. Der Kamerad ersetzt mich jetzt dort.

Um diese Stunde strahlte das Radio nur noch einige Vertraulichkeiten verstörter Hörer aus: die Moderatorin mit der rauhen Stimme am anderen Ende war ihnen eine Mutter, immer drauf und dran, ihnen dubiose Ratschläge zuzuflüstern. Gut, sagte Chopin, ich sehe mal nach, was er macht. Er stieg aus dem Wagen aus und steuerte auf den Eingang der Halle zu.

Hinter dem Tor aus wasserdichtem Plastik erschallte plötzlich der höllische Tumult der Kaldaunenwelt: Dutzende Männer, mit rotem und weißem Gesicht, schwarz und weiß gekleidet, riefen sich etwas zu, während sie den Muskel schnitten und die Sehne zerteilten, sie modelten das Eingeweide, während sie Ziffern ausstießen hinter ihren Fleischerbänken, die vollgepackt waren mit Leberpartien, Schwärmen freier Herzen, Seminaren von Hirnen und Scharen von Füßen, Aufwallungen ausgestreckter Zungen, Lungen in Hülle und Nieren in Fülle, Zentnern von Bries, Tonnen von Kutteln, Milz in Mengen und Unmengen grüngestempelter roter Backen. Chopin suchte mit dem Blick die hohe und dunkle Silhouette von Oberst Seck inmitten dieses Gewimmels, dann begann er, das Gebäude der Länge nach zu durchqueren.

Aus der Nähe gesehen wirkten die Kaldaunenhändler nicht allzu fieberhaft, sie erweckten nicht einmal den Eindruck, allzu sehr zu arbeiten – man unterhält sich friedlich über die Organe, man zeigt sich diejenigen, die man ausstellt, man schätzt sie, man vergleicht sie, man schichtet sie, hin und wieder nimmt man eins und schneidet es entzwei, um mal nachzuschauen. Manchmal kommt jemand vorbei und sagt eine Ziffer, man blinzelt ihm zu und die Sache ist geregelt, so unmerklich spielen sich die Blitzgeschäfte ab.

Am Ende der Halle drangen heftige Schockwellen aus den Schädelschrottwerkstätten, die durch kurze Gänge verbunden waren. Genau dort fand Chopin

Oberst Seck im Gespräch mit einem malischen Verschrotter auf der Schwelle seiner Werkstatt, vor einer hohen Tonne mit dampfender Flüssigkeit. Der Oberst schien sehr in Form zu sein, sich wohl zu fühlen in diesem Handel und Wandel der enthirnten Schädel. Das ist Monsieur Touré, sagte er, er ist Schädelverschrotter, wir haben gerade Bekanntschaft geschlossen. Sein Gesprächspartner lächelte, war in Schwarz gekleidet und trug hohe, weiße Stiefel, ein Panzerhemd glänzte auf seiner Brust in moirierten Schattierungen. Die Pianistenhand eines Boxers, die er Chopin hinstreckte, war ebenfalls eisenbehandschuht.

Oberst Seck erklärte, daß es der Beruf von Monsieur Touré sei, die Lammschädel ihres Hirns zu entledigen, und daß dieser sich soeben bereit erklärt habe, uns die Arbeit, die Werkzeuge zu zeigen, kurzum, wie man es macht, aber wir haben im Augenblick leider zu tun, bedauerte der Oberst. Wir kommen ein andermal.

– Nun? erkundigte er sich, sobald sie die Halle verlassen hatten.

– Es war nicht allzu ergiebig, gestand Chopin. Der Ton war nicht allzu gut, und außerdem hat Veber noch dazu das Fenster aufgemacht, sie sind natürlich sofort davongeflogen. (Der Oberst zog eine Grimasse.) Ich hatte es Ihnen ja gesagt, ich hatte Sie gewarnt. Na gut, ich werde es morgen nochmals mit ein paar anderen versuchen, aber ich glaube, er ist oft in der anderen Suite, beim Chiffreur. Durch Mouezy-Eon weiß ich jetzt, wo das ist.

– Ach ja, sagte der Oberst, Mouezy-Eon. Haben Sie seine Bilder gesehen?

– Wohl oder übel, meinte Chopin.

– Das ist gut, was er macht, urteilte der Oberst, oder nicht? Wirklich bezaubernd, finde ich. Ein wirkliches Talent. Wissen Sie, daß er auch bildhauert?

– Ach, meinte Chopin.

– Seit Jahren rate ich Mouezy-Eon auszustellen, aber es ist furchtbar mit ihm, er will einfach nicht. Na gut, es muß ja nicht gleich eine Galerie sein, aber zum Beispiel ein Restaurant oder, ich weiß nicht, ein Einkaufszentrum mit einem bißchen Betrieb für den Anfang. Sogar in Banken, zum Beispiel in meiner Filiale Avenue de Wagram, haben sie es gemacht, für einen Pastellmaler. Was soll's. Wollen wir nicht eine Runde drehen?

Sie gingen eine Weile auf einer Seite der Ringstraße entlang, an gänzlich verglasten Restaurants vorbei, die zu jeder Tageszeit ihren Inhalt wie in einem Aquarium aus allen Perspektiven zeigen. Ohne sie zu hören, sieht man die Leute dort lachen, bestellen, rufen, als wäre der Ton abgestellt, oder als handelte es sich um ein dreidimensionales Autokino, das vor Reihen leerer Güterwaggons und blinder Lastkraftwagen einen Stummfilm abspielt. Zwei hohe Gebäude überragen das Gebiet, das Verwaltungshochhaus und die Eisfabrik, die im nächtlichen Nebel auf seiten des nördlichen Eingangs kaum zu erahnen waren. Alle Stockwerke des Hochhauses waren dunkel, bis auf das letzte: den Schnurrbart in ständiger Bereitschaft über dem Zigarettenstummel überwacht ein Beamter in Zivil ebenfalls zu jeder Tageszeit auf seinen eigenen Bildschirmen die Ausgänge des Nationalgroßmarkts sowie ihre

Kreuzungen und wunden Punkte, zu denen nicht zuletzt die Keller und Tresorräume der vierundzwanzig Banken gehören, die sich unter seinen Füßen befinden.

Beim Gehen wühlte der Oberst in seinen Taschen: unter der perlmutternen Schutzhülle seines Etuis tauchte das Schrapnell-Profil einer Montechristo Nr. 2 auf, deren Spitze er mit der Zange seines Schlüsselanhängers in die Luft jagte. Er feuchtete sie an und betrachtete wehmütig den durch einen Flug Paris–Niamey durchlöcherten Himmel, dann setzte er sich, um sie auf dem Trittbrett eines Fünfzehntonners anzuzünden.

– Kommen wir auf unsere Sache zurück, sagte er und exhalierte dabei einen langen Stratus, es sieht so aus, als würde Veber bald Besuch bekommen. Morgen abend womöglich. Vielleicht können Sie ein Auge darauf werfen.

– Weiß man, wer es ist?

– Nicht so genau. Eine Frau, glaube ich.

– Verständlich, daß er Mädchen kommen läßt, urteilte Chopin, schließlich macht er Urlaub.

Der Oberst schüttelte den Kopf und rauchte weiter. Chopin, der stehengeblieben war, betrachtete den Fünfzehntonner. Mädchen gab es im Führerhaus des Lasters nebenbei bemerkt reichlich: Fotos, Zeichnungen, Wimpel, kleine Figuren und Abziehbilder von großartigen Pin-up-Girls, die schlimmstenfalls mit einem Bikini bedeckt waren. Diejenige, die über dem Oberst auf die Wagentür gemalt und lediglich mit eng anliegenden Stiefeln und einem gefransten Bolero bekleidet war, ritt Richtung Trittbrett auf einer Electroglide, und der Fahrtwind öffnete leicht den Bolero: unvergleichliche Brüste und unsterbliche Lippen, sicher würde Veber ein solches Mädchen empfangen. Als Generalsekretär verschafft man sich mühelos diese irrealen Wesen.

– Lohnt es sich denn aufzuzeichnen, unter diesen Umständen, merkte Chopin an. Was ist schon dran an einem Pornoband?

– Ich weiß es nicht, sagte der Oberst und richtete sich auf, man kann nie wissen. Lassen Sie trotzdem ein oder zwei von den Viechern los, für alle Fälle.

Sie machten sich wieder auf den Weg. Sie verließen den Fleischsektor, dann den mit Früchten und Gemüse, sie gingen um kleinere Lagerhallen herum, die vor verschiedenartigster Nahrung strotzten, Hallen für Allgemeines, in denen der Zwischenhandel sich vom Einzelhandel in Versuchung führen läßt. Als sie in einer von ihnen die Uniform von Fernandez entdeckten, der dabei war, diskret eine Gänseleber zu erfeilschen, fluchte der Oberst, stürmte auf seinen neuen Chauffeur zu, konfiszierte das Organ und erteilte ihm eine deftige Rüge. Das Schreien seines Führungsoffiziers stimmte Chopin nachdenklich:

– Vielleicht könnten wir etwas diskreter sein, was meinen Sie?

Sie kehrten zu den Wagen zurück, fünf Meter vor ihnen schmollte Fernandez mit eingezogenem Kopf.

– Keine Sorge, wir haben nichts zu befürchten, lächelte Oberst Seck und ließ die Gänseleber im Teller seiner großen Hand hüpfen, wir können uns hier so wohl fühlen wie Pappi in Mammi.

– Ich sage das nicht meinetwegen, präzisierte Chopin, sondern Ihretwegen. Man könnte Sie kennen, man könnte Sie wiedererkennen.

– Sagen Sie das, weil ich Schwarzer bin? wähnte der Oberst.

Chopin zuckte das Drittel einer Schulter.

– Wir sehen uns Donnerstag wieder, ließ der Offizier wissen, Donnerstag mittag, Mouezy-Eon wird Sie wissen lassen, wo genau. Falls bis dahin Probleme, blauer Streifen Kabine Rue Bleue, einverstanden? Ihr Wagen, welcher Jahrgang ist das? Man sieht so was nicht alle Tage.

Nach der Abfahrt des Opels inspizierte Chopin einen der Container, die vollgestopft waren mit gelblichen Gebeinen, umfranst von rot und weiß durchwachsenen Fetzen: je nach Waffengattung mit Ultramarin, Smaragd oder Rauchgrau gepanzert, patroullierten hier in ständiger Bereitschaft Schwadronen von Fleischfliegen. Chopin bückte sich, blieb sechs Sekunden lang reglos, atemlos, dann durchschnitt seine rechte Hand jäh wie ein Krampf die unreine Luft, und sechs Sekunden später öffnete er mit der Linken die Tür des Karmann-Ghias. Schon juckte es im Innern seiner geschlossenen Faust, die neuen Hilfskräfte trommelten gegen seine Handfläche und gegen die Knickstellen seiner Finger. Das Handschuhfach enthielt immer einen kleinen Käfig aus Messinggaze, Chopin ließ die Fliegen dort eintreten und zählte sie dabei, eine nach der anderen wie in einem Gehege: sieben auf einen Streich. Nicht übel.

16 Gedämpft durch die tüllgewirkten Doppelstores und die kugelsicheren Doppelfenster, drang das Licht zärtlich in Marylands Büro. Mit glänzenden Augen, die Gesichtszüge durch Schlafmangel gezeichnet, schilderte Oberst Seck seine Nacht.

– Na ja, ich sehe ihn am Donnerstag wieder, schlußfolgerte er. Ich habe noch nicht entschieden, wo genau. Nicht weit von diesem Hotel entfernt, wieder im gleichen Sektor.

Ein Faktotum tauchte nun auf, transportierte einen opulenten Brunch auf einem Vermeiltablett, das er auf einem niedrigen Tisch zwischen ihnen abstellte. Maryland schnappte sich sofort drei kleine, frühreife Erdbeeren, die er gierig in einem Bissen verschlang. Der Oberst unterbrach sich und betrachtete ohne Nachsicht das rosige Rinnsal, das aus einem Mundwinkel seines Gesprächspartners rann. Stets auf sein Äußeres bedacht, mißbilligte er ebenso diese mittelmäßigen Manieren wie die chronische Anwesenheit von Aschenflecken, bestenfalls, auf dem grauen, immer allzu verknitterten Anzug des hohen Funktionärs. An seiner Stelle würde er es anders machen.

– Vielleicht auf dem großen Friedhof nebenan, fuhr er fort, es ist da ziemlich ruhig unter der Woche.

– Das müssen Sie selber wissen, schluckte Maryland. Sind Sie sich dieses Typs wirklich sicher?

– Mein Gott, sagte Seck und taxierte dabei das Rührei, er ist nicht allzu oft eingesetzt worden, das stimmt. Aber das ist nicht weiter schlimm, er ist nicht übel, und außerdem ist er sowieso vor allem zur Zierde da.

Das Telefon klingelte sehr diskret. Maryland nahm ab, sagte für Japan ein Nein, drückte dann seine gelbe Gauloise aus, bevor er ein Scone mit Butter bestrich. Was kann er eigentlich genau? beharrte er.

– Allerlei, versicherte der Oberst, Sie würden sich wundern. Das ist ein Wissenschaftler, aber nicht, wie Sie meinen, er ist auch ein richtiger Bastler. Sie können sich nicht vorstellen, wie fingerfertig er ist.

Nachdem er seinen Tee mit Milch blitzschnell geleert und am anderen Mundwinkel einen beigen Ausfluß verursacht hatte, ließ Maryland einen ungerührten Blick auf dem Offizier ruhen:

– Und Sie haben immer noch vor, sich zu verabschieden, nach Abschluß der Operation?

– Ich war immer loyal dem Dienst gegenüber, erinnerte der Oberst, das wissen Sie. Trotzdem habe ich meine Überzeugungen, das wissen Sie auch. Natürlich gehe ich. Auf jeden Fall ist es gut für die Operation, auf diese Weise wird das Wesentliche unbemerkt bleiben. Und außerdem wird es dort unten einfacher sein, so oft ich will nach Afrika zu gehen.

Maryland produzierte eine skeptische Mimik und schüttete dabei entschieden zu viel Marmelade auf sein Brotränftchen.

– Wie Ihnen beliebt. Wenn wir beim Tausch nichts verlieren.

– Das dürfte gutgehen, sagte Oberst Seck, Sie können mit mir rechnen.

Und gegen Mittag verließ der Oberst das Ministerium, seine Augen brannten noch immer ein wenig, aber er fühlte sich stark, sicher und Herr seiner selbst.

Diese Idee mit dem Abschied gefällt ihm ganz entschieden. Da ist nur noch eines, er würde doch gern noch ein bißchen Geld einnehmen oder verlieren, bevor er das Feld räumt. Er steigt folglich in seinen Wagen und erteilt Fernandez, der nicht mehr kann, den Befehl, ihn in die Rue d'Héliopolis zu fahren. Zu dem grünen Salon eines privaten Spielclubs. Es ist einer von denen, die Tag und Nacht von vielen Leuten besucht werden, braunen Männern mit hautengen Smokings und glatt nach hinten gekämmten Haaren, blonden Frauen mit zerstreutem Blick und tiefem Rückendekolleté, wobei die Kundschaft stets eine absolute Ernsthaftigkeit zur Schau stellt, nur das eine oder andere Mitglied des Personals, Croupiers nicht inbegriffen, lächelt ausnahmsweise und erbarmungslos.

Jenseits des samtenen Türvorhangs ging der Oberst an zwei kleinen Skraptischen vorbei; auf der anderen Seite der Bar beschäftigte man sich mit Black Jack, mit Baccarat, in einer weiter entfernten Ecke surrte ein Roulette, in einer größere Ecke ein Glücksrad. Sobald er im grünen Salon seinen Tisch gewählt hatte, der mit dem Tenor Fred Vauvenargues und mit Karlheinz Schumann, einem bekannten Verführer und professionellen Spieler besetzt war, sowie einem großen Chemiefabrikanten aus den Bouches-du-Rhône in der Rolle des Gimpels, ließ er sich einen Kelch Champagner bringen und ein neues Blatt. Vauvenargues war am Geben.

Ich liebe es, über die Vorsehung der Karten zu rätseln, dachte Oberst Seck, ich liebe es, sie umzudrehen, ach, wie liebe ich es, sie umzulegen. Aber damit war auch seine Gemütsruhe dahin: der Sänger hatte ihm ein einigermaßen unergiebiges Blatt ohne Pärchen zukommen lassen, das Mindeste war, sich nun zu konzentrieren, über seinem Kopf bat ein Schild die Herren Pokerspieler höflich um RUHE.

17 Chopin beschäftigte sich indes mit der neuen Fliegenlieferung, wählte die Tauglichsten nach der Kraft ihres Flügelschlags aus – ein Zeichen der Freude, wie man dank Abbé Pioger seit 1822 weiß – und implantierte ihnen ein kleines Mikro.

Am späten Vormittag waren die Stockwerke des Hotels leer, sie wurden lediglich von den Dienstmädchen durchschritten, deren Stimmen in der klammen Unordnung der von Seifen-, Schuhcreme- und Atemausdünstungen beschlagenen Zimmer laut hallten. Sie lüfteten, radierten die Intimität der zerknitterten Laken aus, schoben in Dreiergruppen ihre Wäschewagen die Gänge entlang, putzten wie am Fließband mehrere Zimmer zugleich, die eine widmete sich den Betten und die andere den Toiletten, die dritte führte den Staubsauger an der Leine.

Die vom ersten Stock nahmen gerade den Sektor in Angriff, zu der Vebers Suite gehörte, und Chopin, der ihnen in einiger Entfernung folgte, schreckte jäh zurück, als er Perla Pommeck an einem Ende des Flurs sichtete, dessen anderes Ende Rathenau überwachen dürfte. In eine Vertiefung zurückgezogen, für das Gorillapärchen unsichtbar, beobachtete er weiterhin, Geste um Geste und Laken um Laken, die Technik der Zimmermädchen, und versuchte in dem Stapel diejenigen Bettbezüge ausfindig zu machen, die für Vebers Bett bestimmt waren – und kam ihnen dabei nah genug, um zugleich ihre Äußerungen zu vernehmen:

– William ist komisch, führte namentlich die Staubsaugerin aus, er hat keine Lust mehr, Lagerist zu sein. Er sagt: ich habe keine Lust mehr, Lagerist zu sein.

– Véro, du weißt doch genau, daß William labil ist, diagnostizierte vom Boden der Badewanne aus die verstärkte Stimme ihrer Kollegin.

Véro zog ein Gesicht, dann ihren Staubsauger; seiner Sache nun sicher, ging Chopin seines Weges.

Er verbrachte eine knappe Stunde in einem Liegestuhl am Rand des Sees. Am anderen Ufer, das in einen Freizeitpark umgewandelt ist, sichtete er die Silhouetten von Anglern, die der Brassen und Barsche harrten, obwohl das Wasser eine synthetische Flüssigkeit zu sein schien, zu sauber und zu kalt, um wirklich bewohnt zu sein; ein unbeständiger kontinentaler Wind ließ wechselnde Muster über seine Oberfläche laufen, wie ein Finger, der auf Samt spielt. Den Wasserspiegel diametral durchschneidend, erschien die kleine Fähre, die zweimal am Tag die Überfahrt gewährleistete: Gäste des Palasthotels saßen dort unter dem rot und weiß gestreiften Baldachin, und achtern, ihnen zugewandt, ließ ein Akkordeonspieler Rudel von Zweiunddreißigstelnoten los, die auf allen vieren über das Wasser glitten und in kurzen Sätzen die kleinen Wellen überwanden. Sie klammerten sich aneinander je nach dem willkürlichen Lauf des Windes, so daß die Noten auf der Höhe von Chopin nicht unbedingt in der von der Partitur vorgesehenen Ordnung ankamen.

Als es dunkel war, nach dem Abendessen, machte er die Bekanntschaft des Doktors Belsunce, eines schielenden und lebhaften Menschen, der an der Bar eine Flasche auf seinen Namen hatte. Sein weiter, petrolblauer Anzug und seine marineblaue Fliege, die ebenfalls schlotterte, schienen aus Umkleidekabinen konkurrierender Tanzkapellen entwendet zu sein, das grüne Ordensband an seinem Knopfloch erinnerte Chopin an nichts Bekanntes. Hinter seiner dick geränderten Brille blieb nur sein rechtes, sehr geschärftes, je nachdem strenges oder schalkhaftes Auge auf einem ruhen, während das linke sich anderswo festsetzte, mit einem Ausdruck einfältiger, vertrauensvoller, abwesender Geduld, wie eine zerstreute Ehefrau, die nie auf das hört, was der Doktor sagt.

Diätetiker aus Leidenschaft, Allgemeinmediziner aus Notwendigkeit, war Belsunce früher Gelegenheitsgast im Palasthotel gewesen. Dann hatte er einige Dienste erwiesen, Sinusiten trockengelegt, Verrenkungen eingerenkt, Fastenkuren verordnet und Substanzen verschrieben, die der Kategorie der Sedativa zuzuordnen sind. Da die Direktion beobachtet hatte, daß sich sein abnehmendes Charisma auf die dicken Gäste mit den dicken Börsen vorteilhaft auswirkte, hatte sie ihm schließlich den Posten eines amtlichen Hotelarztes vorgeschlagen und das Zimmer neben dem seinen als Praxis eingerichtet. Der Doktor hielt dort nachmittags seine Sprechstunde, seine Vormittage verbrachte er damit, im Swimmingpool des Palasthotels eine neue Schwimmart zu perfektionieren. Und abends, an der Bar, leerte er seine Flasche in Gesellschaft seiner opulenten, mit Alexandra durchtränkten Patientinnen.

Ihre vier Ellbogen auf dem Tresen aufgereiht, leistete Chopin dem Doktor einen Augenblick Gesellschaft, was dieser nutzte, um ein wenig aus seinem Leben zu erzählen. Die mürbe Pianistin der Teestunde hatte ihren Platz einem Organisten im gleichen Alter geräumt, dessen rothaarige Perücke bei bewegten Sätzen einen Ruck verrutschte, immer in der gleichen Richtung, hin und wieder fiel auch eine seiner Kontaktlinsen auf die Klaviatur der Hammondorgel: ohne im Durcharbeiten der Tempi nachzulassen, suchte er zwischen zwei schwarzen Tasten seine Linse, spuckte prompt hinein und klebte sie sich wieder auf die Hornhaut.

Nachdem er in sein Zimmer zurückgekehrt war, packte Chopin seine Insekten und seine gesamte Ausrüstung aus und begann dann zwei kleine, sphärische Käfige aus Eisendraht und Bristolkarton zu fabrizieren: dick wie Achatmurmeln und durch einfachen Druck verschlossen gehalten, mußte man nur lockerlassen, und sie öffneten sich. Um sich etwas weniger allein zu fühlen, hatte er den Fernseher eingeschaltet und sich für einen ruhigen Dokumentarfilm über die Schmetterlinge Südchinas entschieden. Die hatten, wie es schien, ein schönes Leben: Kein Schicksal sei gnädiger als das der Seidenspinner auf Formosa, ließ der Kommentar wissen. Ganz bei seiner Sache, verfolgte Chopin die Sendung nur halb, ließ die Fliegen im Käfig alleine zusehen, genau wie die Typen im Gefängnis den Mädchen an den kalifornischen Stränden zusehen.

Am nächsten Vormittag folgte Chopin zu gleicher Stunde, am gleichen Ort wie am vorigen Tag den Fußstapfen der Dienstmädchen, erfreut, von Vero einige aktuelle Neuigkeiten über William zu erfahren (Ich sage also zu ihm: William, wenn du sehen würdest, wie du mit mir sprichst). Während sie kurz vor dem von den Leibwachen beschützten Flur die letzten Zimmer putzten, näherte er sich diskret dem Wäschewagen, rechnete rasch und schleuste seine kleinen Käfige zwischen die Falten der Laken, die dem Generalsekretär zuteil werden sollten. Gleich darauf suchte er sein Zimmer auf, ließ sich einen Imbiß bringen und streifte seine Kopfhörer über: in das seine zurückgekehrt, hatte sich Vital Veber nach einem arbeitsamen Vormittag beim Chiffreur ebenfalls etwas nach seinem Geschmack hochkommen lassen, gedrungene Cornichons in einer Radieschenschale, verschiedene Wurstsorten unter einer Glocke, kalten Kohl, Rettiche und Soda.

Der Generalsekretär aß zerstreut und hielt sich dabei sehr aufrecht, als fasse er ein sehr hohes Ziel ins Auge. Von seinem Sitz aus betrachtete er den Regen draußen, der im Augenblick auf den Park niederfiel. Mit abwesendem Ausdruck verjagte er einen kleinen blonden Krümel, der auf seinem Ärmel gelandet war und eine kleine graue Fliege, die sich auf die Blutwurst gesetzt hatte. Über ihm, auf einem Arm des Kronleuchters hängend, wachte eine viel dickere Fliege mit kobaltblauem Thorax mittels ihrer Ozellen darüber, daß er seine Kollegin, die sich nun hinter die Pastrami zurückgezogen hatte, nicht allzu sehr mißhandelte.

Mit dem Instinkt eines Toningenieurs hatten sich die zwei Insekten die Arbeit aufgeteilt, das blaue fing die Geräuschkulisse des Zimmers ein, das graue hatte sich so nah wie möglich bei Veber plaziert, von dem Chopin ohnehin nicht viel Sachdienliches vernahm: Kauen, Schlucken, einige Schluckaufs, ein Schnalzen der Zunge, das wie das Klicken einer Sicherung klang, oder, je nach der Bewegung seines Denkens, genauso wie die Bewegung des Meeres manchmal für einen Augenblick eine Klippenreihe freilegt, einige unbewußt artikulierte Worte – geflüsterte Worte, in einer für Chopin unbekannten Sprache gemurmelt, ein fernes Kindheitsidiom in einer weiten, eisigen Landschaft.

Es folgte das Schweigen des Kaffees, durchsetzt von Schlürfgeplätscher, dann einige Minuten Verdauungsschweigen, dann, nachdem das Geräusch von Schritten angekündigt hatte, daß Veber sein Schlafzimmer aufsuchte, zerreißende Schnarchlaute, die die Stille der Siesta durchsägten. Chopin lockerte die leichte Zwinge der Kopfhörer über seinen Ohren und setzte sie rittlings auf die Lehne eines Stuhls. Er ließ das Tonband aus Sicherheitsgründen laufen und legte sich ebenfalls auf sein Bett, nachdem er einen Blick aus dem Fenster geworfen hatte: Wind und Regen ließen den See in der Ferne brodeln.

Sie erwachten im gleichen Augenblick, machten sich zu gleicher Zeit ans Werk: zwei Stunden lang wortloses Knistern umgeblätterten Papiers, Vital Veber arbeitete. In einen Sessel gelümmelt, die Beine über die Armlehne gekreuzt, hörte Chopin ihn arbeiten. Einmal klingelte das Telefon des Generalsekretärs, der abnahm, ja sagte, sofort, einverstanden; kurz danach klopfte es an seiner Tür. Chopin drehte den Ton lauter als er eine andere Stimme hörte, wahrscheinlich diejenige des Chiffreurs, der von einer Akte sprach, vom Fehlen einer Synthese in dieser Akte oder von einem Mangel an Synthese in der Akte – es war nicht sehr eindeutig, vermutlich hielten die Fliegen in einer entfernten Ecke noch immer ihre Siesta.

– Mag sein, sagte Veber und knisterte erneut mit Papier. Vielleicht versuchen Sie es damit.

– Gut, sagte die Stimme, ich werde sehen, ob es geht.

Eine Pause: einige Augenblicke lang hörte Chopin nichts als den Regen, der ohne Regelmäßigkeit niederrann und die dumpfe Stimme des Chiffreurs überdeckte, jähe Windstöße wechselten mit kurzen Windstillen, es war, als würde irgendwo da oben ein Sack ausgeschüttet, und beim Rhythmus des Niederschlags konnte man sich sehr gut die Bewegung der Arme vorstellen, die den Sack schüttelten. Nein, sagte Veber schließlich, heute esse ich unten zu Abend. Chopin nickte.

Punkt zwanzig Uhr saß Doktor Belsunce ganz allein mitten im leeren Speisesaal vor einem runden Teller mit blutigem Rind darin, die gefaltete Zeitung neben ihm. Sein lebhaftes Auge entzifferte die Neuigkeiten, während das linke ruhig das Rind hütete. Sobald eines von beiden Chopin sichtete, winkte Belsunce einladend und wies auf ein freies Gedeck ihm gegenüber. Chopin näherte sich, warf einen Blick durch den Speisesaal, dessen hintere, verglaste Wand auf eine Terrasse führte, auf der man im Sommer im Freien essen konnte.

– Ich werde später essen müssen, entschuldigte er sich, ich habe zu tun. Tut mir leid. Vielleicht morgen, wenn Sie wollen. Schmeckt es?

– Die Sauce sieht besser aus als sie ist, urteilte der

Doktor. Außerdem ist rotes Fleisch sowieso nicht meine Sache.

Nachdem er sich verabschiedet hatte, schlenderte Chopin einen Augenblick in der Halle umher. In der Nähe der Türen half ein Page einer ausladenden Kundin ihren Pelz überzustreifen: obwohl er auf Zehenspitzen stand, ging er sanft und gekonnt vor, als baute er ein Zelt auf und wickelte zugleich einen Säugling. Im Rauchzimmer waren einige neue Werke ausgestellt, vorwiegend Portraits von Unbekannten, gemalt von Unbekannten. Ein einziges der Aquarelle stellte untrüglich im Stil Mouezy-Eons einen unbelebten Ort dar, ein Stilleben, das um so stiller war, da es eine Reihe Grabstätten abbildete: auf dem Imposantesten konnte man den Namen des Königs Zogu I. von Albanien lesen. Chopin nickte abermals und verließ das Rauchzimmer: die kräftige Dame hatte endlich den Eingang zum letzten Ärmel des Nerzes gefunden, ihre Hand tauchte am anderen Ende wieder auf, wundersam um eine Banknote geballt, zur großen Freude des Pagen.

Eine Stunde später hatte sich der Speisesaal gefüllt. Diskret in der Nähe der Doppeltür postiert, erstellte Chopin ein Inventar der Dinierenden: in zwei Tagen waren ihm die meisten vertraut geworden, bis auf einen, den er nur vom Hören kannte. Dennoch identifizierte er ihn: im hinteren Teil des Saals, mit dem Rücken zur Glasscheibe, bot ihm der Generalsekretär die Stirn.

Veber sah in der Tat genauso aus, wie auf dem

Schutzumschlag seiner Bücher, doch der Ausdruck seines Gesichts war weniger tragisch, weniger historisch, banalisiert durch das Lächeln und das lockere Gespräch. Und er lächelte ausgiebig, was wohl das Mindeste ist, wenn man ein Mädchen erobern will, das einem gegenüber sitzt, in ein vorteilhaftes, gelbes Bustier gekleidet, von dem Chopin aus seiner Stellung nur den Rücken sah. Die gerundeten Schultern des Mädchens in Gelb blieben reglos, sie reagierte sichtlich sehr wenig auf den erobernden Diskurs ihres Gegenübers, ob Generalsekretär oder nicht. Genauso läuft es, raisonnierte Chopin, diese Typen leisten sich Mädchen, die so teuer sind, daß sie nicht lachen, und von oben herab die Gleichgültigen spielen: heiße Iglus, die unerreichbar scheinen und auf diese unübertreffliche Weise ihre Kunst ausüben.

Es war womöglich nicht unbedingt nötig, mehr darüber zu erfahren, aber was tat man nicht alles, um dem Oberst eine Freude zu machen. Chopin verließ seinen Beobachtungsposten, durchquerte die Halle und ging hinaus. Draußen rannte er durch den Regen, fluchte und lief um das Hotel auf die unbesetzte Terrasse zu, in deren Zwielicht er den Speisesall in umgekehrter Richtung beobachten könnte. Er näherte sich der Glaswand, zunächst ohne das Gesicht des Mädchens erkennen zu können, Vebers breiter Rücken verdeckte seine Leihgabe, seinen Besitz eines Abends.

Als er sie dank einer Bewegung schließlich sah, versteinerte Chopin, mit einem Schlag wurde sein ganzer Körper kalt: Suzy, Suzy Clair, geborene Moreno, saß höchstpersönlich dem Generalsekretär gegenüber. Chopin erstarrte einige Sekunden, sein Verstand erstarrte ebenfalls, während der Regen auf ihn niederprasselte. Dann erinnerte er sich daran zu atmen, nachzudenken, sich zu fragen, was macht sie da, was ist das für eine Geschichte, und überhaupt, was macht sie in diesem unmöglichen gelben Ding, was ist das denn für ein gelbes Ding, das ich nie gesehen habe.

18 Unter dem dunklen Regen versteinert, überwachte Chopin sie bis zum Dessert und schmiedete dabei Hypothesen. Veber sprach fast unentwegt, Suzy gab nur wenig von sich, lediglich ein einziges Mal lächelte sie kühl. Es schien sich um ein ernsthaftes Gespräch ohne offenkundige Verführungsstrategie zu handeln – beruhigend war aber doch, daß sie, nachdem sie sich vom Tisch erhoben, den Speisesaal in Richtung Halle verlassen hatten, gemeinsam auf den gleichen Fahrstuhl warteten.

Chopin nahm den nächsten Fahrstuhl, und im Gang rannte er zu seinem Zimmer, wo er seine Haare auswrang, bevor er seine Kopfhörer aufsetzte. Auf der Bettkante sitzend, gab er ein Brummen der Billigung von sich, als er registrierte, daß Veber allein war. Nichts Interessantes: fließendes Wasser und physiologische Geräusche; als sie sich kühn dem Zahnputzglas näherte, machte die graue Fliege eine sehr nahe Aufnahme des Tropfenzählers. Veber stieß einen tiefen Seufzer aus und setzte sich auf seine Bettkante – wie die Typen im Gefängnis seufzen, wenn der Fernseher abgeschaltet ist und sie einen weiteren Strich in den Gips der Wand eingravieren – dann folgte auf das Knistern des Stoffs das Klicken der Lampe.

Am nächsten Morgen verließ Chopin sein Zimmer nicht, aus Angst, Suzy zu treffen und vor allem in der Hoffnung, sich ihre Gegenwart erklären zu können, indem er Veber abhörte. Unablässig ließ er das Tonband laufen, blieb selbst auf dem Bett liegen, die Augen auf die Decke gerichtet, die Ohren ins Zimmer des Generalsekretärs, und tat nichts, als alle paar

Stunden das Magnetband zu wechseln und seine Ausrüstung zu tarnen, wenn der Zimmerkellner Kaffee brachte. Auf dem Rücken ausgestreckt zählte Chopin die trikoloren Blumensträußchen, die sich über die ganze Länge der Tapete, auf den Sesseln und den Vorhängen, den Kissen und dem Bettbezug wiederholten, überall; in drei Anläufen zählte er sie, ohne zum gleichen Ergebnis zu kommen.

Nach vierundzwanzigstündiger Mission verstarb als erste der beiden Fliegen die kleine graue, damit beauftragt, Veber scharf auf den Leib zu rücken, immer an vorderster Front und folglich viel aufreizender, viel bedrohter durch die launischen Bewegungen und insbesondere durch den Schlag der Zeitung, einer Waffe, die in Frankreich seit 1631 von der ganzen Gattung außerordentlich gefürchtet wird. Unbedacht, trotz jahrhundertelanger Erfahrung, exponierte sich die kleine Graue hoffnungslos, als sie am Fenster Zuflucht suchte, ohne jegliche Deckung, die reine Zielscheibe vor durchsichtigem Untergrund. Auf ihrem Kronleuchterast postiert, wohnte die dicke Blaue, die für das Großraummikro zuständig war, ohnmächtig dem Ende ihrer Kollegin bei, die von Veber auf der kalten Scheibe mit Hilfe eines längs gefalteten Wirtschaftsteils geopfert wurde.

Nachdem die Großraumfliege ihrerseits am frühen Nachmittag an Herzversagen verstarb, hätten die Mikros im Prinzip noch einige Stunden funktionieren müssen. Doch die Lage des einen, das unter dem Fenster zwischen Wand und Heizkörperverkleidung eingeklemmt war, ermöglichte keine sehr gute Übertragung – und ohne es zu wissen, zermalmte Veber mit einem Tritt seines Absatzes das andere, das senkrecht vom Kronleuchter in die dichte Wolle gefallen war und darauf wartete, von Véro aufgesaugt zu werden.

Technisch arbeitslos geworden und des Blumensträußchenzählens auf der Wand überdrüssig, suchte Chopin in seinem Koffer den Entwurf eines angefangenen Artikels, der Sisyra fuscata gewidmet, einem zwei Millimeter großen Zweiflügler, der im Monat Juni die Nähe von Wasserläufen aufsucht. In seinen Mußestunden schrieb er gewöhnlich seine Notizen ins Reine, doch machte er sich ohne allzu große Überzeugung an die Arbeit: da er stets vor dem nächsten Satz ins Stocken geriet, stand er auf, legte sich einen Augenblick hin, kehrte zu seiner Arbeit zurück und stand gleich wieder auf, holte ein Glas Wasser, aus der Minibar ein Bier, pißte im Vorbeigehen ins Waschbekken, schaltete den Fernseher ein und sogleich wieder aus, warf einen Blick aus dem Fenster in Richtung See: sah Suzy.

Sie ging allein am Rand des Wassers, ein Buch in der Hand, noch immer mit diesem gelben Bustier und einem schwarzen Rock bekleidet, welches auch die Farben der Sisyra fuscata sind. Chopins Fernglas reichte aus, um den Saum ihres Rockes auszumachen, der in der bewegten Luft der Übergangszeit zitterte, doch nicht, um den Titel des Buches zu entziffern. Nachdem Suzy in Richtung Anlegestelle verschwunden war, rief er die Rezeption an, die ihn informierte, daß Madame Clair seit dem Vortag die Suite 44 bewohnte, im Augenblick aber ausgegangen sei. Nachdem die Mikrophone aufgehört hatten, die ohnehin völlig bedeutungslosen Informationen zu übertragen, erschien es doppelt unnütz, sich damit aufzuhalten. Im übrigen mußte er jetzt los.

Der Karmann-Ghia durchquerte sodann ein eintöniges, vorörtliches Nest, dessen Straßen nicht mehr ländlich und noch nicht städtisch waren. Backstein und Beton, Mühlsandstein und Zink prägten hier düstere Werkstätten, ausgestorbene Bäckereien, verzweifelte Einfamilienhäuser. Ehemalige Schrebergärten, die an Sanitärunternehmen grenzten, waren mit Bergen von Waschbecken und Stapeln von Badewannen besetzt. Zwischen den Stadtzentren, denen sich Einkaufszentren und Dienstleistungsbetriebe zuordneten, konnte Chopin nicht immer genau die Grenzen der Ballungsgebiete ausmachen.

Der monumentale Eingang des Friedhofs von Thiais führt auf eine große Kreuzung, die durch abzweigende Einbahnstraßen verkompliziert, und von Baustellen, Garagen, unbebauten Geländen und Abstellplätzen gesäumt wurde. Der Friedhof selbst ist ein hundert Hektar großes ebenes Rechteck, das vor allem die Aschen sozial Schwacher beherbergt. Man findet dort gleichermaßen die Opfer verschiedener Flugzeugabstürze, wobei die Gräber der Passagiere von denen der Besatzung getrennt waren, sowie die letzten zum Tode Verurteilten, deren Köpfe von den Körpern isoliert waren.

Zwei mit Wracks beladene Sattelschlepper von Auto-Knack manövrierten schwerfällig vor dem Portal. Sobald sie die Zufahrt freigegeben hatten, bog Chopin in die Nekropole ein, nahm die Avenue de l'Est, die er einen Kilometer entlangfuhr bis zum Abschnitt 89. Unter den Bäumen, die sie säumten, parkte er seinen Wagen hinter dem Opel des Obersts.

Dieser schien ganz allein in der Mitte des Abschnitts Einkehr zu halten vor dem Mausoleum Zogus I., einer Komposition aus Pfeilern um eine Stele, die mit dem königlichen Wappen, einem doppelköpfigen Federvieh, verziert war. Chopin näherte sich ihm und inspizierte die Umgebung: keine Menschenseele. Lediglich andere, lebende Federviecher sahen voller Mißtrauen seiner Ankunft entgegen, die einen hockten auf den schlecht gepflegten Grabstätten, andere zupften hektisch einen Wurm aus dem reichen Humus – und unter diesen Vögeln kein einziger Spatz, keine Taube, obwohl reichlich vertreten in der Gegend, nicht einmal eine Amsel mit grellem Schnabel, lediglich ganz schwarze Raben und Krähen und manchmal eine Elster in Halbtrauer in der Luft.

– Was war das denn nun für ein Weib? fragte der Oberst Seck.

– Nichts, sagte Chopin, eine Nutte, wie erwartet.

– Geben Sie mir doch bei Gelegenheit das Band, sagte der Oberst in beiläufigem Ton.

– Kein Problem, meinte Chopin, der zu Hause alle möglichen Bänder aller Genres hat.

Dann listete er auf, was man hört, wenn Veber allein ist: nichts allzu Nützliches im Grunde. Bis auf einen halbherzigen Hustenanfall hin und wieder, den Fernseher zur Nachrichtenzeit und das Rascheln der Seiten des Wirtschaftsteils, wirklich nichts Ereignisreiches.

Und dieser lange, fremdsprachige Satz, der ein einziges Mal, mitten in der Nacht aus einem Traum hervorgeschleudert wurde, auch er würde nicht viel weiter bringen.

– Geben Sie mir auch dieses Band bei Gelegenheit. Wir werden doch versuchen, es zu analysieren. Und der Chiffreur?

– Nichts, wiederholte Chopin, nichts als Unbedeutendes. Er vergaß nicht, das Kommen und Gehen der zwei Leibwächter zu erwähnen, sagte aber kein Wort über Suzy, deren Anwesenheit seiner Meinung nach die Beamten vom Nachrichtendienst nichts anging.

Bevor er zum Ausgang des Friedhofs zurückfand, verfuhr er sich auf der Seite des Sammelgrabs, einer Brache ohne jegliche Verzierung, bis auf drei in die bloße Erde eingerammte Plastiknelken, dann im Sektor der Körperspenden für die Wissenschaft, worauf lediglich eine Marmorplatte hinwies: einige Laboratorien dankten hier drei Hektarn ehrenamtlicher Innereien. Er fand zur Hauptavenue zurück. Es wurde langsam dunkel. Er kehrte zum Palasthotel am See zurück.

19

Nach einer Dusche und dem Abendessen, das er sich hatte hochbringen lassen, warf Chopin einen Blick auf die überlebenden Fliegen, doch sein Herz war nicht bei der Sache. Also schaltete er den Fernseher ein, den er fast drei Stunden lang ansah, und zwang sich dabei, allem zu folgen und sich von keinem Gedanken ablenken zu lassen – voll auf ein Abenteuer von Mannix konzentriert, bekommt man schließlich alles mit, das ist sogar ziemlich einfach, wenn man sein Teil dazu tut. Er sprang von einem Kanal zum anderen und erkannte schließlich den Anfang von *Some came running:* ein Bus durchquert die Landschaft, mit einigen Passagieren, darunter Frank Sinatra, der in einer Heeresuniform auf seinem Sitz eingeschlafen ist. Der Bus hält in einer kleinen Stadt, der Fahrer dreht sich zu Sinatra um und ruft: *»Hey Soldier! Soldier!«* Es ist kurz vor Mitternacht, Chopin wirkte bisher ruhig, aber plötzlich springt er auf, stellt den Ton des Fernsehers ab, bemächtigt sich des Telefons und verlangt die Suite 44. Am anderen Ende der Leitung nimmt man sofort ab.

Ich bin's, sagt Chopin, und als Suzy nicht sofort antwortet, wiederholt er, daß er es sei, Franck. Wahrscheinlich wird sie ausrufen, du bist es? Aber wo bist du? Woher weißt du, daß ich? Sie sagt es tatsächlich, aber mit leiser Stimme.

– Ich bin ganz in der Nähe, antwortet Chopin, einen Stock tiefer, ich erkläre es dir dann. Ich muß dich sehen.

– Nein, haucht Suzy heftig, das ist unmöglich. Aber woher weißt du, daß ich hier bin?

– Ich erkläre es dir dann, wiederholt Chopin, ich komme gleich.

– Nein, fällt sie ihm ins Wort, nein, ich bitte dich.

– Ich komme, präzisiert Chopin.

– Ich werde nicht aufmachen.

– Aber ich, sagt Chopin, ich werde aufmachen.

Er legt auf und erhebt sich sogleich, sucht in seinem Handkoffer einen dicken Schlüsselbund mit rund hundert Dietrichen, die er kurz Revue passieren läßt, während er sich das Phantombild der am Empfang aufgehängten Schlüssel vor Augen ruft, sehr schnell findet er seinen Doppelgänger, dann verläßt er das Zimmer als Shirley McLaine aus dem Bus aussteigt, ihren Plüsch unter dem Arm, und anfängt, Frank Sinatra nachzulaufen.

Die auf dem Flur bis zur Treppe aneinandergereihten Türen wirken wie leere Schränke. Chopin begann die Treppen hochzusteigen, auf einem endlosen Teppich, in einer endlosen Stille, die noch verstärkt wurde durch eine gedämpfte, ferne Musik, die wahrscheinlich aus der Bar kam und im Treppenhaus kaum vernehmbar war, unterschwellig wie das Nachtlicht eines Krankenhausflurs – und, zwei Stufen auf einmal nehmend, empfand Chopin das Geräusch seines Körpers wie ein Marschorchester, mit der Pauke des Herzens, dem Turbaphon des Atems und der Rumbakugel der Gelenke. Vor der 44 angekommen, hielt er einen Augenblick inne, aus Angst oder Skrupel, suchte dann in seiner Tasche den Dietrich, öffnete leise die Tür, trat ein, schloß sie hinter sich.

Auf den ersten Blick war es dunkel, unbewohnt,

keine Lampe leuchtete, nur der eingeschaltete Fernseher im Hintergrund strahlte ein wenig bewegte Helligkeit aus. Grazil profilierte Sessel umrahmten einen niedrigen Tisch, ein großer Wandspiegel verdoppelte ihre Schatten. Nachdem er seinen Blick sich hatte eingewöhnen lassen, begriff Chopin, daß die 44 eine knieförmige Suite war, situiert im Winkel der Fassade und zusammengesetzt aus zwei rechtwinkligen Zimmern. Der Fernseher war in diesem Winkel installiert und dem anderen, vom Eingang aus unsichtbaren Zimmer zugewandt; auf dem Bildschirm ließ sich Sinatra, wieder in Zivil gekleidet, mit Shirley McLaine bei Dean Martin nieder, und alle drei fingen an, reichlich zu trinken.

Chopin riß sich sachte von der Tür los, versuchte, die Möbel nicht anzurempeln, ging in Richtung Fernseher, indes Dean Martin in die Badewanne stieg, ohne seinen Hut abzunehmen. Beim Apparat angekommen, wandte er sich dem anderen Zimmer zu, das ganz von einem großen, weißen Bett eingenommen wurde. Ich habe dir doch gesagt, daß du nicht kommen sollst, erinnerte Suzy sehr ruhig aus dem Halbschatten.

Chopin erkannte auf diesem Bett fast nichts von ihr, bis auf ihre Augen, die den Bildschirm reflektierten, und ihren nackten Arm auf dem Laken. Als er sich näherte, hauchte sie nein, du mußt verschwinden, und als er sich weiter näherte, richtete sie mit ausgestrecktem Arm die Fernbedienung auf ihn, ihre Hand um das Gehäuse geballt wie um eine Faustfeuerwaffe. Aber er schritt unter dem Strahl der kleinen Maschine voran, und wirkte genauso unzerstörbar wie die Monster in den Filmen von Fred Mac Leod Wilcox, die auch für die mächtigsten Laserstrahlen undurchdringlich sind. Als Suzy leise zu lachen anfing und dabei ihre Deckung lockerte, beugte sich Chopin über sie und legte seine Finger auf ihre Schulter, ihren Nacken, sie öffnete ihre Arme, dann ihre Laken.

Bis zum Ende des Films lagen sie dicht aneinander, umschlangen sich, ohne zu sprechen, außer als Chopin wieder wissen wollte, was ist das eigentlich für eine Geschichte, was ist denn los, und Suzy ihm sagte, ich werde es dir morgen erklären, alles. Morgen. Du mußt jetzt gehen. Als sie sich ein letztes Mal küßten, ging *Some came running* gerade zu Ende in einem gefälligeren Friedhof als dem von Thiais; Chopin erhob sich während des Abspanns. Als er wieder am Fernseher vorbeikam, kreuzte er auf dem Bildschirm Marianne, die ein einziges Lächeln war und für kommende Wochen im Rahmen der laufenden Retrospektive die Ausstrahlung von *Undercurrent* ankündigte. Sie wünschte ihm eine wunderschöne Nacht.

Er befand sich wieder im dunklen Flur, aber sobald die Tür geschlossen war, machte er keinen Meter, schon ergriff ihn eine mächtige Faust an der Schulter und quetschte ihn gegen die Tapete, während man zwischen seine Schulterblätter einen kleinen, hohlen Zylinder preßte.

– Los, hauchte Rathenaus Stimme in sein Ohr, genau wie im Kino. An die Wand und Hände hoch.

Als er Folge geleistet hatte, nahm Chopin den Geruch von Kölnischwasser wahr, der sich näherte wie ein Gespenst, und gleich danach einen kurzen Stich in seiner Armbeuge. Es war eine harmlose und wenig schmerzhafte Empfindung, aber drei Sekunden später schalteten sich das Bild und der Ton ab, und Chopin kippte ins Koma. Willkommen, Doktor Bong.

20 Als Chopin wieder zu Bewußtsein kam, lag er seitlich im Kofferraum eines fahrenden Wagens, in der Haltung eines umgekippten, knienden Menschen. Ein auf seinem Rücken gespannter Eisendraht, der die Handschellen um seine Fußknöchel und seine Handgelenke miteinander verband, erlaubte es nur seinen Fingern, seinen Zehen und seinen Gesichtsmuskeln, sich ein klein wenig zu bewegen; und der leichte Schmerz als Nachwirkung des Stichs, nicht weit von seinem Ellbogen entfernt, erinnerte ihn an denjenigen, den die kleine Blindbremse *(Chrysops pictus),* Gegenstand eines seinerzeit aufsehenerregenden Beitrags*, hervorruft, und war nichts im Vergleich zu dem Juckreiz. Ein langer Heftpflasterstreifen über seinem Mund, von einem Ohr zum anderen, hinderte ihn daran, sich über diese Situation zu beschweren.

Er rekonstruierte, daß dieser Wagen ein Kombi sein mußte, dessen Kofferraum vom Führerraum durch ein schlichtes und solides Gitter getrennt war, in der Art, wie sie Besitzer bissiger Hunde installieren. Wo er war, konnte Chopin den Fahrer des Kombis nicht sehen, noch die anderen potentiellen Mitfahrer. Neben den vier Takten des Motors hörte er nur ein gedämpftes, kaum wahrnehmbares Radio im vorderen Teil des Wagens.

Da das kleinste Ausstrecken zu tieferem Einschneiden in seine Handgelenke und Fußknöchel zu führen

* BLOCH (J.-B.), CHOPIN (F.) u. a., »Entwurf einer Typologie der Sporne bei den Ektoparasiten der großen Hauswirbeltiere«, *Bull. Soc. Path. Exot.*, XLVI, Heft Nr. 3, 1983, S. 64–109, 11 Tab., 29. Abb.

drohte, krümmte sich Chopin, um seinen Fesseln ein bißchen Spiel zu geben. Als er den Nacken beugte, nahm er für einen Augenblick auf seiner Kleidung einen Hauch von Suzys Parfum wahr, der sich sogleich verflüchtigte unter den klassischen Gerüchen von Benzin, Staub und kaltem Rauch und der vagen Dufterinnerung an einen Neuwagen im Hintergrund. Mit der Wange flach auf der borstigen Matte, erkannte er im Vordergrund zwischen den anderen Dingen, die mit ihm in diesem Kofferraum waren, die Stammgäste solcher Örtlichkeiten: Seile und schmierige Lappen, Wagenheber, Spinne und Ölkanister 10W50. Über ihm, durch den Bruchteil einer Scheibe, brach in einem dreieckigen Ausschnitt bedeckten Himmels der Tag an.

Der Gleichförmigkeit der Fahrt und den besonderen Varianten des Straßenbelags nach zu urteilen, die durch die von den Reifen verursachten Klangveränderungen wahrnehmbar waren, fuhr man vermutlich auf einer Autobahn: dumpfes Rauschen, leichtes Zittern, zuweilen hielt sich kilometerlang ein schrilles Orgeln, zuweilen erzeugten die Regenrillen kleine, regelmäßige Stöße, als erlitte der Motor mikroskopische Synkopen. Im Triangel des Himmels sah Chopin ein Flugzeug, Vögel, Dächer überholter Laster.

Es war tatsächlich die Südautobahn, die man Richtung Paris hochfuhr. Rathenau verließ sie auf der Höhe von Villejuif, bog in die Route stratégique ab und umrundete eine grellrosa Hochhaussiedlung, bevor er in Richtung Autobahn zurückfuhr, um eine kleine, unbelebte Verkehrsader zu nehmen, die parallel dazu verlief. Auf halber Höhe dieser Straße erhob sich hinter im Zickzack angeordneten Buchsbaumblöcken ein dreistöckiges Wohnhaus, von einem schmalen Pflanzenkorridor gesäumt, auf dem ein unverwesliches Engelchen rußgeschwärzte Tische und Gartenstühle überwachte. Vermutlich kam nie jemand auf die Idee, hier Luft zu schnappen, unter dem gashaltigen Himmel, im Dröhnen dieser Autobahn, auf die die Fenster des Wohnblocks schonungslos hinausführten.

Rathenau stellte in der Garage des Untergeschosses den Motor ab: Stille im Halbdunkel unter dem schwitzenden Staub gelblicher Glühbirnen. Die Hecktür des Kombis wurde geöffnet, und Chopin roch erneut Perlas Kölnischwasser, als diese sich zu ihm herunterbeugte, um den Eisendraht zu lösen und die Handschellen an seinen Fußknöcheln aufzuschließen, bevor Rathenau ihn an den Schultern packte, um ihn aus dem Fahrzeug zu hieven. Im hinteren Teil der Garage führte eine metallene und mit einem Neonstrich punktierte Tür zu einer rohen, frisch ausgeschalten Treppe. Von seinen Entführern solide eingerahmt, begann Chopin die in den Ecken mit grellroten Rattengiftkörnern bestreuten Stufen hochzusteigen, mit weitaufgerissenen Augen über dem Heftpflaster.

Man begegnete niemandem bis zur ersten Etage, dann öffnete Rathenau prompt eine Tür, die in eine muffig duftende Wohnung führte, im Sturmschritt durchquerte man sie bis zu einem Zimmer, das eindeutiger noch nach Ranzigem roch. Nachdem man seine Handgelenke befreit hatte, schloß man ihn dort ein und überließ es ihm, sich beim Abreißen des Heftpflasters die Lippen aufzureißen. Als dies getan war, inspizierte er das Zimmer.

Es war mit einem Minimum ausgestattet: eine Matratze unter einer Decke, das Schaumstoffgerippe eines Sessels, in einer Ecke ein Waschbecken ohne Spiegel, darunter ein himmelblauer Plastikeimer für die Notdurft. Wahrscheinlich infolge eines Rohrbruchs in der Umgebung dieser Wasserstelle löste sich die Tapete in Streifen, ihre mit einem Tupfer Klebstoff befestigten Bahnen hingen wie Schlitzwämse von der Wand herunter und stellten ihre mit rußbraunem Schimmel gesteppten Ränder zur Schau. Nicht ein einziger harter, spitzer, scharfer Gegenstand, nichts, das den Doppelscheiben des Fensters gewachsen zu sein schien, die, so dick wie die einer Präsidentenlimousine, als einzigen Ausblick die Rückseite einer Schallschutzmauer anboten, deren Aufgabe es war, den Autobahnverkehr zu maskieren.

So verlaufen von der Pariser Stadtgrenze aus mehrere Autobahnen, gesäumt mit Schallschutzmauern aller Art, die sich sehr voneinander unterscheiden. Einige wellen sich wie mutierende Bleche, bei anderen reihen sich Rohrstutzen aneinander, manche erinnern an einen mit Kletterpflanzen verzierten Bunker. Mit Vordächern bedeckt, vor Strebepfeilern oder Vorsprüngen strotzend, verkörpern sich diese Kunstwerke in den verschiedensten Materialien, Metall, Beton, Plastik, Porzellan oder Spiegelglas, gebranntem Ton und feuersicherem Holz. In unterschiedlichen Neigungswinkeln zu den Fahrbahnen stehend, sind manche auch durchscheinend oder fast durchsichtig, oder auch wie diese einfach mit verglasten Bullaugen von knapp einem Meter Durchmesser durchbrochen. Zwischen dieser Mauer und der Fassade des Wohnhauses erstreckte sich im Schatten ein winziges Rechteck hartnäckigen Unkrauts in künstlichem und glänzendem Flaschengrün.

Chopin entfernte sich vom Fenster und setzte sich in den Sessel, dann streckte er sich auf der Matratze aus. Der Schmerz an seinen Fußknöcheln ließ weniger schnell nach als der an seinen Handgelenken. Er war noch nicht völlig verschwunden, als gegen Mittag Perla Pommeck erschien, hochnäsigen Auges und wortlos stellte sie in der Nähe der Tür ein Tablett auf den Boden und ging sogleich wieder. Sie schloß die Tür ab, begab sich in das größte Zimmer der Wohnung, in dessen Mitte sich Rathenau auf die Betrachtung eines Reiseschachbretts konzentrierte.

– Spielst du nun oder was? erregte sich Perla, entscheidest du dich endlich? Opfere ihn schon, deinen Bauern, worauf wartest du noch?

– Ich denke nach, sagte Rathenau. Sei so lieb, laß mich nachdenken, bitte.

Perla seufzte, atmete tief ein, ließ sich vornüber wie ein abgesägter Baum auf den staubigen Boden des Wohnzimmers fallen, um dann eine Reihe von Streckstützen zu absolvieren. Rathenau meditierte, das Kinn in einer Hand, die andere Hand schwebte über dem zu Tode erschrockenen Bauern. Perla pumpte indes und zählte mit lauter Stimme.

– Neunundzwanzig, dreißig, vollendete sie. Mit denen von heute morgen macht das achtzig. Also, behältst du nun deinen Scheißbauern oder was?

– Na gut, räumte Rathenau ein, es bleibt mir sowieso nichts anderes übrig.

– Das trifft sich gut, sagte Perla, sprang auf die Füße und ließ ihren Turm mit rasender Geschwindigkeit in eine Seitenallee des Schachbretts gleiten. Pech für dein Pferd.

– Ach, stellte Rathenau betreten fest, das hatte ich nicht gesehen. Was macht er, der andere?

– Was soll er schon machen, meinte Perla zerstreut und antizipierte schon den nächsten Zug. Wann müssen wir eigentlich im Hotel sein?

Sobald Perla aus dem Zimmer gegangen war, hatte sich Chopin dem Tablett genähert, auf dem ein wenig Nahrung deponiert war (eine Orange und kaltes Hähnchen) sowie Lektüre (ein dünner, broschierter, eselsohriger und vierfarbiger Band mit dem Titel *Besser leben mit seinem Tier*). Nachdem er diesen durchgeblättert und dabei jenes gegessen hatte, durchsuchte Chopin seine Taschen, die man nicht geleert hatte: weder seine Brieftasche noch seine Schlüssel fehlten, der Dietrich des Palasthotels inbegriffen. Chopin war erleichtert, wenngleich auch beleidigt, daß man ihm seine Sachen nicht abgenommen hatte, als messe man seiner Person zu wenig Bedeutung bei, um diese elementaren Vorsichtsmaßnahmen anzuwenden; um die Zeit totzuschlagen, las er seine ganzen Ausweispapiere durch. Dann postierte er sich vor dem Fenster und versuchte, die Marken der Autos zu identifizieren, die er durch das Bullauge in der Schallschutzmauer fetzenhaft vorbeiflitzen sah, Blitze flüchtiger Farben, unleserlich wie verschwommene Fotos. Er erkannte nicht ein einziges, bis auf einen langen, makellosen Krankenwagen, der, stromlinienförmig wie eine Rakete, alle Lichter und Blaulichter in Aktion, auf der Bankette der Autobahn entlangschoß.

Es war ein stolzer Antillaner von dreiundzwanzig Jahren, der mit nackten Oberkörper unter dem weißen Kittel mit hochgeklapptem Kragen diesen Krankenwagen sportlich steuerte. Neben ihm saß, schief auf seinem Sitz, Doktor Belsunce, dessen Schielen ein doppeltes Überwachen des Verkehrs und der im Fond des vorfahrtsberechtigten Fahrzeugs ausgestreckten Dame gestattete. Wehleidige Fistelstimme und verkniffene Lippen, dünne Nase und sehr hohe Stirn, fragiler Weltschmerz im Blick, diese Dame, die Orane Demazis ziemlich ähnlich sah, klagte, daß es ihr nicht gutgehe, Doktor, daß alles sich drehe. Der Arzt antwortete, daß es nichts mache, Madame Belon, daß es ganz normal sei, daß alles sich drehe. In der Klinik wird sich schon alles einrenken. Schalten Sie die Sirene ab, Florimond, verdammt. Man versteht ja sein eigenes Wort nicht mehr.

Der weiße CX fuhr fort, die Fahrzeuge bis zur Porte d'Orléans zu überholen, dort fädelte er sich auf den Autobahnring ein, dem er folgte wie ein Lachs dem Lauf der Garonne, und der Krankenwagenfahrer ließ es sich nicht nehmen, bis zur Porte d'Auteuil die Sirene auf Hochtouren laufen zu lassen. Nachdem er seine Patientin zwischen den Gittern der Roussel-Müller-Klinik eingeliefert hatte, ließ sich Belsunce zum

Palasthotel zurückbringen: das ist wirklich nicht nötig, Florimond, stellen Sie ein wenig leiser. Dieser Lärm ist durch nichts mehr zu rechtfertigen.

Als er die Hotelterrasse überquerte, schüttelte der Doktor einige Hände, verharmloste einige Symptome, die im Vorbeigehen gratis begutachtet werden wollten. In der Hotelhalle angelangt, näherte er sich auf ein Zeichen des Portiers hin dem Empfang. Der Portier war schlank und trug einen feinen Schnurrbart, überkreuzte Goldschlüssel verzierten die Knopflöcher seines eleganten, senffarbenen Anzugs.

– Da ist noch eine Dame, die sich nicht sehr wohl fühlt, kündigte er an. Sie würde sie gerne sehen.

– Selbstverständlich, sagte Belsunce, ausgezeichnet. In einer halben Stunde in meiner Praxis.

Welche im Empirestil möbliert und mit einer bronze- und strohfarbenen, senkrecht gestreiften Tapete geschmückt war. Einige Rahmen an der Wand enthielten Stiche, mit Kohle gezeichnete Portraits und Fotos, die von mondänen Frauen und Ölmagnaten signiert waren. Durch alte pharmazeutische Gefäße begrenzt (mit Extrakten von Seifen- und Johanniskraut, von Stechäpfeln und Sennesblättern) bedeckten Bucheinbände meterweise Regale auf allen Seiten des Schreibtisches, auf dessen Oberfläche die Nachbildung einer antiken Schale einen roten, zerfransten Gänsekiel, zwei Markenfüllfederhalter und einige Souvenirs enthielten, darunter eine Hüftprothese als Kugelschreiber.

Der Doktor wechselte seine Fliege, dann nahm er hinter seinem Schreibtisch Platz und erwartete seine nächste Patientin, deren Archetypus nur die schnatternde, plappernde, beringte Ehefrau sein kann, der er immer die gleichen Körner verschreibt. Man klopfte, er erhob sich, öffnete: schwarzer Rock und schwarzer Bolero, blinkende Spiegel an den Ohren, Suzy Clair entsprach keineswegs der üblichen Personenbeschreibung. Nun, meinte Belsunce mit seinem gütigen Lächeln, was haben wir denn?

Seiner ärztlichen Methode folgend, versuchte der Doktor seine Patientin zu beruhigen, sobald sie ihm ihre Schlafstörungen dargelegt hatte: eine schlaflose Nacht ist nichts als eine schlaflose Nacht, jeder hat seinen Rhythmus, es gibt in diesem Bereich keine Regeln, soviel Verhaltensweisen wie Menschen. Ob sie hin und wieder Leute sähe? Es ist gut, Leute zu sehen, reden ermüdet, danach schläft man sehr viel besser. Ob sie irgendeine Art Sport treibe? Er erzählte ihr von dieser neuen Schwimmart, die er zu vervollkommnen versuchte, einer Abart des Seitenschwimmens mit seitlichen Fußschlägen. Außerdem solle sie in der Gegend spazierenfahren, man glaubt es nicht, aber es gibt hier jede Menge hübscher Dinge, Schlösser zum Beispiel, es gibt noch immer einige kleine Schlösser, er würde ihr bei Gelegenheit seinen Toyota leihen. Ein flotter kleiner Wagen.

– Einstweilen, schnaubte er und kritzelte dabei auf seinen Block, werde ich Ihnen ein neues Molekül verschreiben. Und warten Sie, ich habe wahrscheinlich auch noch einige Proben.

Er wühlte lange in seiner Schublade und holte schließlich eine hellgrüne Packung heraus, die er der jungen Frau über den Schreibtisch hinweg reichte.

Versuchen Sie es damit, beginnen Sie mit einem Viertel vor dem Schlafengehen und kommen Sie wieder, wenn es nichts hilft.

Das Telefon erregte sich ganz allein, als Suzy in ihr Zimmer zurückkehrte. Am anderen Ende der Leitung wußte der Generalsekretär offenkundig nicht so genau, wie er sich vorstellen sollte.

– Veber, Vital Veber. Oder einfach Vital, wenn Sie wollen.

– Haben Sie Neuigkeiten? fragte Suzy.

– Morgen vielleicht, antwortete Veber. Im übrigen, der Typ, der Sie belästigt hat, Sie verstehen? Sie wissen, wen ich meine? Er dürfte Sie nun in Ruhe lassen. Er hat das Hotel verlassen.

Er legte auf und lächelte der sich öffnenden Tür zu: Perla hatte gerade ihren Kopf durch den Spalt gesteckt. Alles in Ordnung? fragte sie.

21 Mouezy-Eon fuhr seinerseits in seinem langsamen Tempo auf der rechen Spur der Südautobahn. Kurz vor der Ausfahrt Villejuif parkte er seinen erschöpften R8 zu Füßen der Schallschutzmauer, drückte die Taste *warning,* die ein Blinklichttutti auslöste. Dann stellte er den Motor ab und holte aus dem Handschuhfach eine der kleinen Statuen, die er in seinen Mußestunden aus allerlei Materialien fabrizierte, aus Bronze ebenso wie aus Brotkrumen, und die auszustellen er wie immer sehr zögerte, selbst im diskreten Rauchzimmer des Palasthotels. Im Format eines Bleisoldaten stellte diese einen zielstrebig auf seinem Sockel aufgerichteten Menschen dar, mit einem entschlossenen, wenngleich sanften Ausdruck: die schmalen Lippen und die leicht geschlitzten Augen erinnerten sehr an die des Generalsekretärs Veber.

Mouezy-Eon betrachtete einige Augenblicke die Figur, mit dem Nagel seines Daumens bog er leicht den zu gekrümmten Nasenkamm des Individuums zurecht, das er in seiner Tasche verschwinden ließ, bevor er sich mühsam aus dem R8 hievte und sich dabei mit einer Hand ans Kreuz faßte. Er betätigte einen Hebel unter der Motorhaube, die er hochgeklappt ließ, mit offener Schnauze, dann holte er aus dem Kofferraum ein rotes, in einer blauen Hülle zusammengefaltetes Warndreieck: er faltete den Gegenstand auseinander, den er dann, auf seinem schmächtigen Ständer aufgerichtet, zehn Meter hinter dem R8 aufstellte. Er machte sich langsam, mit lustlosen Bewegungen ans Werk, klappte den Kragen seines Mantels hoch, zog den Knoten seines Schals fest und hatte in diesem Augenblick nur seinen Sohn im Kopf, Steuerberater in Laval mit laufendem Scheidungsverfahren: fraglich, ob Jean-François diese Trennung ohne weiteres erträgt. Mouezy-Eon war seinerseits mit Jocelyne nie sehr warm geworden.

Die Autos fuhren mit hoher Geschwindigkeit dicht an ihm vorbei und bespritzten ihn mit ihren anbrandenden Wellen aus kalter Luft, Staub und aufheulendem Brummen. Sobald er die fiktive Panne inszeniert hatte, begann Mouezy-Eon die Bankette entlangzuwandern, auf das Bullauge zu, in dem Chopin einige Augenblicke später, vom Fenster seines Kerkers aus, das müde Gesicht des Hobbymalers eingerahmt sah.

Nach einem diskreten Handzeichen umrundete Mouezy-Eon den Schallschutzschirm und durchquerte die Unkrautzone; die Feuchtigkeit ließ dank der Kapillarität auf seinen porösen Wildlederschuhen stalagmitische dunkle Zonen hochsteigen. Er hielt sich abseits der ausgestorbenen Erdgeschosse, lief am Wohnhaus entlang, erreichte die Eingangstür, ging hinein und stieg langsam, ganz normal, die Treppe dieses Hauses hoch, als wäre es das seine.

Im ersten Stock galt es vor allem zu überprüfen, ob niemand bezeugen könnte, was nun geschehen würde. Mouezy-Eon klingelte ohne zu zögern bei den Nachbarn gegenüber, bereit, einen Dienstausweis der Gaswerke vorzuzeigen, Aufspüren undichter Stellen, Rohrdiagnose. Aber gegen fünfzehn Uhr ist jeder in seiner Firma, seiner Schule oder seiner Krippe, der Klingelton rief nur mißtrauische Kinnbewegungen känguruhfleischsüchtiger Katzen hervor, die stumpfsinnig auf ihren schmutzigen Kapokkissen lagen.

Mouezy-Eon zog die Statuette aus seiner Tasche. Nachdem er sie ein letztes Mal begutachtet hatte, zuckte er die Schultern und riß ihr dann den rechten Arm aus, den er zu einem Wulst verformte. Er führte diesen kleinen Zylinder in das Schloß ein – ein gewöhnliches Hexogenamalgam aus Nitropenta und Elastomer –, dann befestigte er eine winzige Zündschnur daran und mußte mehrmals ansetzen, um es zu sprengen: nach zwei oder drei mißlungenen Versuchen verpuffte die Ladung schließlich mit dem flüchtigen, ungebührlichen Geräusch eines defekten Auspuffs.

Nachdem er die Wohnung betreten hatte, überprüfte der Frührentner die Örtlichkeiten und beeilte sich nicht, Chopin zu befreien. Er schätzte den Stand des im Stich gelassenen Schachspiels ein, warf einen nachsichtigen Blick auf die Stellung des schwarzen Läufers, dann einen sehr viel interessierteren auf die Reproduktionen von Eustache Le Sueur, von Jacques-Charles de Bellange und von Lubin Baugin, die an die Wand des Wohnzimmers geheftet waren. Ein halbes Dutzend Druckwerke standen auf einem Sperrholzregal herum: darunter einige Sondernummern der Zeitschrift *Vierbeiner!* Er entzifferte Titel wie *Ich erziehe meinen Dackel, Dänische Doggen und Mastiffs* oder *Reden ohne Sprache.* Die Wohnung wirkte, als sei sie von einer Sekte kynophiler Barock-Nostalgiker, die vor die Hunde ging, überstürzt verlassen worden.

Bevor er sich um Chopin kümmerte, suchte Mouezy-Eon auch nach verwertbaren Spuren des Aufenthalts von Perla Pommeck und Rodion Rathenau – aber außer Spuren von einer Sauce auf einem Teller und von einer Strategie auf dem Schachbrett hatte das Paar nichts hinterlassen. Es genügte nun, den im Schloß steckenden Schlüssel umzudrehen: hinter der offenen Tür hatte sich Chopin soeben mit einem geduldigen, entschlossenen, aber zerstreuten Ausdruck aus seinem Schaumstoffsessel erhoben, auf alles gefaßt wie in einem Wartesaal, wenn man an der Reihe ist.

– Wohin soll ich Sie bringen? fragte Mouezy-Eon, nachdem man sich gegrüßt hatte. Wollen Sie sich ein wenig ausruhen oder gleich mit dem Oberst Bilanz ziehen?

– Nein, antwortete Chopin, ich kehre ins Hotel zurück.

– Das wäre unvorsichtig, bemerkte der Aquarellist, Sie sind dort aufgeflogen. Der Oberst würde das nicht gutheißen.

– Ist mir scheißegal, resümierte Chopin nervös. Gehen wir.

Sie verließen das Wohnhaus und erreichten die Autobahn, indem sie über die Leitplanken stiegen, dann die Schallschutzmauer umrundeten, jenseits derer die unentwegten Autos einen lärmenden Durchzug auslösten. Als sie zu dem blinkenden R8 kamen, begann Chopin vor Kälte zu zittern. Der Oberst ist mir scheißegal, wiederholte er, ich habe dort noch was zu erledigen. Wie Sie wollen, meinte Mouezy-Eon, der darauf bestand, den Ölstand zu prüfen, bevor er die Motorhaube zuklappte.

– Und außerdem habe ich noch meine Sachen im

Hotel, argumentierte Chopin und sah dabei zu, wie seine Finger zitterten, meine Ausrüstung, die ich wiederhaben muß. Wäre besser, wenn sie keiner zu sehr in die Finger kriegen würde.

– Aber ich kann mich sehr gut darum kümmern, ließ Mouezy-Eon wissen und faltete dabei sein Notlagendreieck zusammen. Sie sind doch fix und fertig, das sehen Sie doch. Lassen Sie es sein.

– Nein, nein, klapperte Chopin mit den Zähnen. Nein.

Sie waren losgefahren, hatten schon bei der ersten Ausfahrt die Autobahn verlassen und durchquerten jetzt ein sehr homogenes Stück Vorort, das von der immer gleichen Menschenmenge fortwährend frequentiert wurde. Mouezy-Eon versuchte weiterhin Chopin zu überzeugen:

– Wenn es nur ums Prinzip geht, machen Sie sich unnötige Sorgen. Ich kenne sie, sie werden jemand anderen im Haus finden.

– Das ist nicht das Problem, gab Chopin zu.

– Alles ist ein Problem, erinnerte Mouezy-Eon. Es ist also die junge Frau.

Chopin antwortete nicht. Der andere sagte auch nichts mehr.

– Gut, ließ er sich schließlich erweichen, ich werde mit dem Doktor sprechen, was sich machen läßt.

– Was, meinte Chopin, Belsunce? Auch er gehört zum Haus?

– Was glauben Sie denn, fragte Mouezy-Eon und zog aus seiner Tasche eine regionale Ausgabe des *Parisien*. Eigentlich ist er seit letztem Jahr nicht mehr bei uns, er hat bei den Italienern etwas Lukrativeres gefunden. Aber es scheint, als könne man sich mit ihnen im Augenblick arrangieren. (Er streckte Chopin die Zeitung hin.) Wollen Sie nicht mal nachsehen, was in der Gegend im Kino läuft, in einem dieser Kaffs? Es wäre besser, Sie ließen sich in der Zwischenzeit nicht allzuviel sehen.

Eine Stunde später befand sich Chopin also im Dunkeln, da wird man immer noch am wenigsten gesehen, in der achtzehnten Reihe des Pathé-Champigny. Der Film hieß *Paul* und erzählte die Geschichte eines hübschen Burschen namens Paul, den jedoch alle Frauen, eine nach der anderen, verließen. Nach einer sechsten schlimmen Trennung auf der Bir-Hakeim-Brücke, im Regen, löste Paul gerade angewidert sein Bankkonto auf und verlängerte seinen Reisepaß, als Chopin einschlief. Zwei Vorstellungen später war Paul dabei mit blutenden Nägeln und zwei Zähnen weniger einem Kerker in Djakarta zu entfliehen, als eine Hand Chopins Schulter rüttelte, der die Augen geradewegs auf die Leinwand hin öffnete: dort schindete sich die leidgeprüfte Hauptfigur gerade weidlich ab, indem sie unter einem Stacheldraht durchrobbte, der Schweiß strömte über ihr kupfernes Gesicht. Gehen wir, hauchte Mouezy-Eon. Chopin folgte ihm zum Ausgang des Saals und drehte sich noch einmal zum Film um – Paul hatte soeben eine Kugel ins Schulterblatt verpaßt bekommen.

Auch draußen war es dunkel, und drei Schritte genügten, um im Krankenwagen zu verschwinden, der mit geschlossenen Vorhängen vor dem Kino parkte.

Am Steuer ersetzte Fernandez Florimond. Der Ex-Wächter der Sühnekapelle hatte über sein noch immer polizeiblaues Hemd den weißen Kittel des Antillaners gezogen, der selbstverständlich zu groß war: die Revers kletterten eins über das andere, die Schultern plusterten sich auf. Fernandez, um diese Uhrzeit selbstverständlich ohne Sirene, empfahl Mouezy-Eon. Höchstens ein bißchen Blaulicht im Falle eines Falles. Glauben Sie nicht, daß er alles dem Oberst erzählen wird? hauchte Chopin beherzt. Mouezy-Eon schüttelte den Kopf. Er verdient sich so ein kleines Zubrot. Kein Problem.

Als sie sich dem Hotel näherten, schaltete Fernandez die Lichter aus. Der CX machte einen Bogen um das Hauptgebäude und steuerte auf die Garagen zu, wo sich der Toyota des Doktors Belsunce der exklusiven Benutzung einer Box erfreute. Chopin stieg aus dem Krankenwagen, der sofort wieder losfuhr. Der Doktor erwartete ihn dort, im Schatten, Schlüssel in der Hand.

– Ich freue mich, Sie wiederzusehen, versicherte er und ließ die Tür der Box aufgleiten. So, hier können Sie es sich gemütlich machen.

Er betätigte einen großen, wasserdichten Schalter und brachte damit eine nackte Birne zum Leuchten: neben einem Paar Winterreifen, einem verstellbaren Dachgepäckträger und zwei Ölkanistern stapelten sich hier Kartons mit alten Büchern und alten Kleidern. Zwei afrikanische Statuetten, zwei Holzskier mit neolithischen Bindungen. Ein türloser Schrank enthielt gebündelte Stapel Zunftzeitschriften, blanke Rezeptblöcke und einige ausrangierte berufliche Werkzeuge in Metallkisten – geplatzte Sphygmomanometer und Stethoskope, Reflexhämmerchen und ähnliches, wie Zungenspatel und aurikulare, nasale, rektale und rostige Spekula. Auch ein Faß war da.

– In dieser Jahreszeit ist das kein Problem für den Wagen, ließ Belsunce wissen, er kann eine Zeitlang draußen nächtigen.

Während sie für Chopin eine Ecke herrichteten, erzählte ihm der Doktor von Suzys Besuch am Vortag, sehr charmant, ich hätte nicht gedacht, daß Sie sie kennen, das wußte ich nicht. Na ja, meinte Chopin, das ist eine komplizierte Geschichte. Sie ist auf jeden Fall bei guter Gesundheit, diagnostizierte Belsunce, sicher ein bißchen nervös, braucht Entspannung. Ich habe ihr für morgen meinen Wagen geliehen, ich werde Sie auf dem laufenden halten. Die Zudecken sind da. Natürlich herrscht hier kein großer Komfort, für längere Zeit ist das nicht bewohnbar.

– Ich werde versuchen, mich zu beeilen, malte sich Chopin aus.

22

Nach einer weiteren fast schlaflosen Nacht, macht sich Suzy daran, sich die von Doktor Belsunce verschriebenen Hypnotika zu verschaffen. Sie ist viel zu früh aufgewacht und verläßt gegen acht Uhr das Hotel mit dem Toyota des Arztes.

Das nächstgelegene Einkaufszentrum ist eine Esplanade, von rußigen Hochhäusern umringt, zwischen denen ein aufdringlicher und fader Geruch von künstlicher Fäulnis schwebt, dem ähnlich, der manchem Supermarkt entströmt. Weit davon entfernt, das Bild zu verschönern, unterstreichen die wenigen Farbtupfer und die vagen, ornamentalen Vorsprünge, die womöglich das Gewissen des Architekten beruhigten, eher die Wucht des Ortes, wie eine Musik mitunter eine lastende Stille verzehnfacht, anstatt sie aufzuheben. Im gleichen dekorativen Bestreben hat man es für zweckdienlich gehalten, in der Mitte der Betonfläche einen Springbrunnen aufzustellen, eine Art modernistische Sphinx, die unverdrossen ein schmales, flaches Wasserband ausspeit, Frauen umrunden diesen Springbrunnen, mit Netzen voller Proviant beladen, und die Männer, die ihnen folgen, lesen im Gehen ihre bei den Pferderennen oder Stellenangeboten aufgeschlagenen Zeitungen. Alle wirken, als seien sie es müde, gegen etwas anzukämpfen oder nicht mehr ankämpfen zu können – aber vielleicht ist das nur ein Eindruck, überlegt Suzy, vielleicht liegt es an mir –, nur der Apotheker schien eine Ausnahme zu machen, ein kleiner, tüchtiger und lebhafter Mann, mit strichförmigem Schnurrbart, der auf diesem reichen Humus an Beruhigungsmitteln offenbar gut gedieh.

Nachdem sie sich die ihren verschafft hat, verläßt Suzy die Apotheke und achtet dabei weder auf den Himmel noch auf die Gebäude, die den Himmel eingrenzen. Die Hochhäuser werfen ihre Schatten in alle Richtungen, weit über ihre Reichweite hinaus, sie schienen selbst diese Wellen synthetischen Winds auszulösen, diese unpersönlichen Luftbewegungen, die unablässig über die Esplanade fegen und die Preisschilder über den Kisten mit Frischgemüse, Innereien und frischem Fisch tänzeln lassen und das Verstreuen leichter und flatternder Gegenstände auf dem Boden anfachen: vielerlei Fahrscheine, zerknitterte Verpackungen, Zeitungsseiten vom Vortag, gefärbte Strähnen vor dem Friseursalon, gestrandete welke Blätter, die von ziemlich weit her kommen. Als sie eine einsame Spielkarte erblickt, die sich hier auf dem Boden verirrt hatte, versagt es sich Suzy, sie mit der Fußspitze umzudrehen, als handle es sich um einen flachen, alten Stein in einer trockenen Landschaft, denn sie fürchtet Schlangen ebenso wie Pikdamen. Sie entziffert jedoch so gut sie kann die Aufschriften der Schilder, die gemalten Inschriften der Schaufensterscheiben – sehr schöne Scholle, wunderbarer Thunfisch, Sonderangebot bei Zungen und Herzen –, und versucht so, die Gebrauchsanweisung der Örtlichkeiten herauszufinden.

Als sie das Einkaufszentrum verläßt, durchquert Suzy zunächst andere, analoge Zonen, massive Mietshäuser, die alles rundum in den Schatten stellen. Weiter entfernt erdrücken sich Bauten unterschiedlichster Nutzung, durchsetzt mit ewigen Baustellen, die die ganze Gegend mit Ansteckung zu bedrohen scheinen. So sitzt jedes Gebäude seine Bewährungsfrist ab, schüchtern und resigniert, geduckt in der Erwartung seines Abbruchs – selbst das glänzendste Kachelhaus, zwischen ausgediente Lagerhallen eingezwängt, wirkt krank und siecht infolge eines Justizirrtums hinter diesen schwedischen Gardinen dahin.

Wie gewöhnlich lassen die Flanken der überlebenden Gebäude hin und wieder die Anatomie derjenigen rekonstruieren, die sich einst an sie schmiegten: große Schachbretter, aus alten Wänden einer Küche, eines Zimmers, eines Badezimmers zusammengesetzt, es ist ein Patchwork unterschiedlich tapezierter, getäfelter, gekachelter und gestrichener Zellen. Von den mehr oder weniger trauten Privatleben, die sich hier abspielten, dann verbannt wurden, bleibt nur dieser Aufriß unzugänglicher Waben in verfallenen Farben, der Kälte, dem Wind und den Blicken von jedermann ausgesetzt, deren Geheimnis Suzy zu lüften versucht, indem sie die dazugehörigen Biographien rekonstruiert – vom Boden aus läßt sich die einstige Stelle eines Doppelbetts erraten oder eines Spülbeckens, einer Toilettenspülung, eines großen, ovalen Bilderrahmens; mitunter ist in den Kacheln eines Badezimmers eine intakte Seifenschale eingefügt geblieben, die schaumige Regenrückstände enthält.

Der Morgen spielt seine Rolle zu Ende, in der Küche wird das Mittagessen zubereitet – letztes Verbessern der Sauce hinter den Kulissen, bevor der große, senkrechte Scheinwerfer darauf gerichtet wird. Suzy hat beim Fahren wieder ihre Kopfhörer aufgesetzt, sie hört immer noch die gleichen, alten Soundtracks (»Willst Du meinen Hasen, Schumacher?«), sie hat keine allzu große Lust, sofort zum Palasthotel zurückzukehren, sie läßt sich vom Wagen treiben, überläßt ihm die Initiative wie man die Leine eines Hundes oder die Zügel eines Pferdes lockert, denen man dann in ihrem Umherschweifen folgt, ein freier Lauf, bei dem man nur darauf achtet, daß sie nicht zu sehr ausschlagen, niemanden beißen. Als sie ein Schild gewahrt, das Orly anzeigt, übernimmt sie wieder die Kontrolle über den Toyota und steuert auf den Flughafen zu: unter den verschiedenen Restaurants wird sie das teuerste, das am höchsten gelegene auswählen, sie wird allein dort essen und dabei den abhebenden Flugzeugen zusehen.

23 – Sie dürfte bald kommen, sagt Belsunce beim Eintreten, haben Sie ein wenig schlafen können? Ansonsten ist alles geregelt, ich habe das Zimmer bezahlt und bringe Ihnen dies hier mit.

Er schloß die Tür der Box, stellte Chopins Gepäck ab und streckte dem Entomologen, der mit einer Pferdedecke um die Schultern auf einer Kiste saß, eine kleine Tüte aus Packpapier entgegen. Belsunce nahm auf einem benachbarten Karton Platz, nachdem er sich aus der Füllung seines Fasses ein Glas eingeschenkt hatte. Es scheint Ihnen noch nicht allzu gut zu gehen, schätzte sein ärztlicher Sinn, Sie sollten sich ruhig auch einen Kleinen gönnen. Danke, nieste Chopin, ja, dann öffnete er appetitlos die Packpapiertüte, wieder eine Banane und kaltes Hähnchen, ich bin ein einziger Hähnchenfriedhof. Belsunce hob den Deckel seines Sitzes an einer Ecke hoch, um sich den Inhalt zu vergegenwärtigen, eine ziemlich schimmelige Sammlung der *Zeitschrift des praktischen Arztes;* unter der Schnur zog er eine hervor und überflog das Inhaltsverzeichnis, während er es entstaubte. Er schien gewillt, hier eine Mußestunde zu verbringen, seelenruhig mit seinem Glas in seiner Box wie in einem Klub, seelenruhig auf seinem Karton wie in einem Klubsessel. Ich glaube, ich habe mir noch dazu einen kleinen Schnupfen geholt, sagte Chopin.

– Das ist die Jahreszeit, verkündete Belsunce weise. Ich werde Ihnen nachher ein kleines Mittel geben, für die Rhinitiden.

Draußen war ein unruhiger Wind aufgekommen, der

am Horizont des Sees eine Wolkenherde ausfranste, die, während sie Reißaus nahm, einige letzte Tropfen von sich gab, und so unter der zögerlichen Sonne ihr Terrain absteckte. Ein skeptischer Strahl drang in das Zimmer, in dem Rodion Rathenau sich etwas Erholung verschaffte. Auf dem Bett ausgestreckt, las der Leibwächter zum wiederholten Male ein Spionagecomic für Erwachsene, dessen Heldin mit unfaßlichen weiblichen Reizen ausgestattet war: Rathenau war gerührt, aufgeregt drückten sich die Absätze seiner Schuhe als dunkle Sicheln in die beige Steppdecke. Als die Spionin anfing, eine Menge Sachen mit dem Spion zu machen, versetzte sich Rathenau an dessen Stelle, während Perla in seinen Träumereien selbstverständlich deren Rolle innehatte – obwohl sie sich in dieser Hinsicht stets unnachgiebig gezeigt und in ihrem derben Wortschatz gefolgert hatte, daß beim Arbeiten zu bumsen nichts anderes sei, als beim Arbeiten zu murksen.

Das Zimmer hatte etwas Vernachlässigtes an sich, die Dinge hingen mehr oder weniger eins am anderen: am Fensterriegel ein unbesetzter Kleiderbügel, zwei klamme, rosa und weiße Handtücher an der Lehne eines Stuhls, wo aus einem schräg daraufstehenden, halbgeöffneten Koffer der lange Ärmel eines Winterunterhemds entwischte. Auch der Tisch hatte sein Teil an zerknitterten Zeitschriften, leeren Bierflaschen, in denen sich Kippen auflösten, Plastikflaschen, aus deren Resten die letzte Kohlensäure entwich. Rathenau zuckte zusammen, als die Tür sich öffnete, rasch klappte er das Heftchen über seinem Bauch zu.

– Der Idiot ist entwischt, kündigte Perla an. Du

müßtest mal den Zustand der Tür sehen, bestimmt hat ihm jemand geholfen. Ich habe dich unten überall gesucht, was treibst du eigentlich?

Bevor Rathenau Anstalten machte, darauf zu antworten, räusperte er sich.

– Das stinkt hier vielleicht, empörte sich Perla. Kannst du nicht hin und wieder mal lüften?

Während sie das Zimmer in Richtung Fenster durchquerte, brachte Rathenau diskret seine Kleider in Ordnung, bevor er aufstand und dabei seine Lektüre unter das Bett schob. Reg dich doch nicht so auf, sagte er defensiv. Veber ist beim Chiffreur, es ist alles halb so wild.

– Du bist vielleicht manchmal von einer Inkonsequenz, B 12, urteilte seine Kollegin und griff nach dem Telefon.

– Hör endlich auf, mich so zu nennen, schrie Rathenau.

Beim Chiffreur nahm Vital Veber sogleich ab. Nachdem Perla dargelegt hatte, woran man war, deutete die Stimme des Generalsekretärs auf ein eisiges Gereiztsein hin. Gut, meinte er, jetzt suchen Sie ihn mir und dann finden Sie ihn mir. Und zwar schnell. Und dann bringen Sie ihn mir. Perla rümpfte die Nase, legte wortlos auf, drehte sich Rathenau zu. So, sagte sie, aufgestanden. Ich habe eine Idee.

– Viertel vor vier, konstatierte indes Doktor Belsunce und klappte eine Sondernummer über Enterokolitis zu. Sie läßt sich Zeit. Sie ist ja ganz nett, diese Kleine, aber wer weiß, ob ich meinen Wagen nicht selbst brauche. Na ja, ich werde mal nachsehen.

– Nein, sagte Chopin, ich werde nachsehen.

– Das ist unvorsichtig, überlegte Belsunce.

– Das ist mir scheißegal, erinnerte Chopin.

Der Arzt verließ als erster die Box, Chopin schlich einige Meter hinter ihm an der Wand entlang. In gewissen Abständen drehte sich der andere zu ihm um und zeigte ihm mit diskreten Gesten den Reinheitsgrad der Luft an. Sie vermieden den Haupteingang und schritten bis zur Terrasse voran, über die man zum Hotelrestaurant gelangte, das um diese Tageszeit ausgestorben war. Von da an handelte Chopin auf eigene Faust, er vermied den Fahrstuhl, suchte ständig Zuflucht in Wandeinfassungen und Winkeln, begegnete auf der Treppe lediglich zwei in eine fachmännische Polemik vertiefte Pagen, und im Flur des vierten ließ ihn das Geräusch von Schritten für einen Augenblick in der Gerätekammer der Dienstmädchen unterschlüpfen. Als wieder Stille eingekehrt war, lief er auf Suzys Zimmer zu und suchte in seiner Tasche den Dietrich. Er öffnete die Tür, stieß sie hinter sich zu, hatte aber nur die Zeit, den ausgeschalteten Fernseher in der Ecke wahrzunehmen, bevor er ertappt, gepackt, und durch einen sehr harten Armriegel festgehalten wurde, im großen und ganzen das gleiche Verfahren wie beim letzten Mal.

– Sie sind wirklich langweilig, Chopin, hauchte ihm Perla in den Nacken, Sie werden lästig. Wir werden doch nicht ewig das gleiche Spielchen spielen. Oder?

Chopin wünschte lediglich, daß man ihm die Spritze nicht an der gleichen Stelle verpaßte wie zwei Tage zuvor, aber nein, überhaupt keine Injektion: man verließ nur das Zimmer und schubste ihn in Richtung

Fahrstuhl. Perla drückte auf den Knopf des ersten Stocks, man fuhr hinunter, ohne sich anzusehen, dann klopfte Rathenau mit zwei kräftigen, gefolgt von drei leichten Schlägen gegen die Tür des Chiffreurs: fast unmittelbar darauf öffnete Veber selbst, ein beiges Papier zwischen den Fingern, mit einem besorgten Blick über seine Halbmondgläser hinweg. Ach ja, meinte er, treten Sie ein.

Der Generalsekretär trug an diesem Tag eine Pepitajacke über einem rosafarbenen Hemd, Krawatte und Hose in Königsblau; ein winzig kleiner Button glänzte in der Ecke seines Knopflochs wie ein Insektenauge. Hinter ihm zog sich ein Tisch in die Länge, an dessen Ende ein Telekopierer zischte – am anderen Ende wurde eine imposante Platte mit Meeresfrüchten, die breiter und höher war als ein King-size-Sombrero, von einer Tokaierflasche mit sehr langem, verjüngtem Hals flankiert. Sobald die Chopin einrahmenden Leibwächter eingetreten waren, entschwand ein Mann, der der Chiffreur sein mußte, in das Nebenzimmer und schnappte im Vorbeigehen nach einer Crevette.

– Einen Augenblick, sagte Veber.

Er verließ seinerseits mit seinem beigen Papier das Zimmer, kam mit einem weißen Papier zurück, steckte es zwischen einen Aktendeckel, bevor er aus dem Telekopierer ein drittes Dokument zog, das er mit gerunzelter Stirn überflog, scheinbar sehr beschäftigt, offenkundig störte man ihn. Dann nahm er seine Brille ab und wandte sich den Neuankömmlingen zu, die er einige Augenblicke betrachtete, mit sehr befremdeter Miene, als koste es ihn große Mühe, sich ihrer Identität zu vergewissern, ihrer Beschaffenheit, ihrer Fortpflanzungsart oder wenigstens ihrer Durchschnittsgeschwindigkeit oder ihrer Kochzeit. Schließlich lächelte er unmerklich und deutete mit der Spitze seines Zeigefingers eine winzige Arabeske an:

– Ausgezeichnet, verkündete er. Lassen Sie uns allein.

Das Gorilladuett wirkte enttäuscht, Rathenau wollte sich eine vorsichtige Bemerkung erlauben, aber Perla berührte seine Schulter, und sie zogen sich rückwärts gehend zur Tür zurück. Wir sind da, sagte Perla, im Flur. Wir bleiben da, man weiß nie. Das ist gut, sagte Veber, das ist gut. Ach nein, besann er sich anders, kümmern Sie sich jetzt lieber um die junge Frau. Bringen Sie sie mir ebenfalls.

Der Generalsekretär gewährte Chopin, als er mit ihm allein war, den gleichen knappen und gefühllosen Blick, mit dem er sich zuvor seinen Dokumenten zugewandt hatte: es war nicht allzu erbaulich, sich so durchgeblättert und überflogen zu fühlen.

– Setzen Sie sich, sagte er dann, Sie trinken doch sicher etwas. Ein Gläschen Wein vielleicht.

Gönnerhafte Zerstreutheit, nachsichtige Gleichgültigkeit: die Herrscher der Welt verhalten sich nicht anders, wenn sie in der Küche den einfachen Postboten empfangen, der einen Eilbrief bringt. Setzen Sie sich, wiederholte er. Chopin setzte sich und verneinte mit dem Kopf, nein danke. Wie Sie wollen, meinte Veber. Dann eine Pause:

– Ich weiß nicht genau, was Sie im Nachrichtendienst tun. Ich vermute, Sie sind einer dieser vielen kleinen

Agenten. Es gibt immer eine Menge Typen Ihrer Sorte, überall wo ich hinkomme, man gewöhnt sich daran.

Erneut ein eisiger Blick, erneut ein eisiges Lächeln, erneut eine Pause. Veber griff sich von der Mitte der Platte eine Auster, betrachtete sie mit sehr viel mehr Zartgefühl, dann legte er sie, völlig verschreckt, wieder zu ihresgleichen zurück.

– Für gewöhnlich rede ich mit Leuten wie Ihnen nicht, fuhr er fort. Keine Zeit. Im übrigen läßt man sie gewähren, im allgemeinen sind sie harmlos. Falls es Probleme gibt, habe ich meine Leibwache, die dafür zuständig ist. Bei Ihnen liegt der Fall ein bißchen anders. Da ist diese junge Frau, die, mit der.

Er unterbrach sich, runzelte abermals die Stirn, schob den Gedanken an Suzy beiseite, um den bisherigen Vortragsfaden wieder aufzunehmen:

– Falls es Probleme gibt mit Typen ihrer Sorte, gibt es zwei Lösungen, nicht wahr. Man dreht sie um oder man legt sie um. Ich persönlich ziehe es vor, wenn sie umgedreht werden. Obwohl. (Eine belustigende Erinnerung überquerte seine Stirn.) Und Sie? Hätten Sie keine Lust, für uns zu arbeiten?

– Ich glaube nicht, sagte Chopin. Ich bin ohnehin nur ein Techniker.

Vebers Lächeln verbreiterte sich um ein gutes Dutzend Angström. Ein Glühwürmchen erwachte in seinem Auge:

– Eben. Ganz genau. Für Ihren Fall gibt es Präzedenzfälle, viele Präzedenzfälle.

Chopin zuckte einige Schultern, Vebers Lächeln nahm immer mehr zu, steigerte sich hysterisch bis zu einem Mikron. Was Madame Clair angeht, fügte er hinzu – aber in diesem Augenblick pochte man erneut an die Tür. Nun, ich glaube, da kommt sie.

Suzy erschien, mit dem grauen Ensemble bekleidet, das sie auch im Shakespeare-Garten trug, ausdruckslos und allein. Sie schaute auf Chopin, wirkte aber nicht überrascht, es mußte ja eines Tages so kommen. Der Generalsekretär scharwenzelte sofort um sie herum, schob ihr hier einen Sessel zu, bot ihr da etwas zu trinken an, entschuldigte sich für die Belästigung, die seine Leibwächter ihr sicherlich zugemutet hatten, sie möge es ihnen nicht allzu übelnehmen: ungehobelte Naturen, ergeben, aber leider primitiv, wenn auch mit einem ausgezeichneten Kern unter der rauhen Schale. Nein, sagte Suzy, ich bin von alleine gekommen. Ich habe sie nicht gesehen.

– Aber Sie wollten es mir jetzt sagen, setzte sie mit illusionsloser Stimme fort. Sie hatten es mir fast versprochen, gestern, am Telefon. Sie müssen mir jetzt sagen, wo er ist.

Veber zögerte, schien sich damit abzufinden. Gut. Chopin und Suzy sahen ihn auf der Seite der Mollusken den Tisch umrunden und auf die Trenntür zugehen, er schob sie auf, schob seinen Kopf durch den Spalt. Alles in Ordnung, hörten sie ihn aussprechen, Sie können kommen. Eine Pause, wie gewöhnlich, dann erschien der Chiffreur.

Der Chiffreur erschien, schloß die Tür, lehnte sich gegen sie und warf einen ruhigen Blick auf die Anwesenden. Suzy hatte die Augen unendlich weit geöffnet. Oswald, zeichnete sich auf ihren Lippen ab.

– Da sehen Sie, flüsterte Veber und beugte sich Chopin zu. Nehmen Sie Monsieur Clair, zum Beispiel. Das ist ein Präzendenzfall.

Dann lastet ein paar Augenblicke lang eine gewaltige Stille, man wird von Dutzenden Atmosphären niedergedrückt, es ist erstickend, man bekommt kaum Luft, es ist der ideale Moment, um die Eingangstür abrupt aufgehen und im Türrahmen die hohe, dunkle Silhouette des Obersts Seck erscheinen zu lassen, ganz in Nachtblau gekleidet, wie üblich. In seiner geballten schwarzen Faust leuchtet ein verchromter Diamondback-Colt aus allen Poren, der einzige Lichtblick im Halbdunkel, wie ein blinkender Brillant auf der Robe einer Femme fatale.

24

– Verlieren wir keine Zeit, sagte Oberst Seck lächelnd, seine Waffe auf den Generalsekretär gerichtet. Wir gehen der Reihe nach und folgendermaßen vor: Monsieur Veber, Sie rühren sich nicht. Chopin, Sie gehen mit Madame Clair im Park spazieren. Gut. Und Sie, Monsieur Clair, Sie bewegen sich auf diese Tür zu. Monsieur Veber, Sie rühren sich noch immer absolut nicht.

Der Oberst wirkte entspannt, selbstsicher, nichts schien sich dieser vollkommenen Gliederung widersetzen zu können: Veber blieb reglos stehen, und Chopin ging auf Suzy zu, aber Oswald Clair machte keine einzige Bewegung, bewegte sich nirgendwo hin, was in der vollkommenen Gliederung eine Leere erzeugte. Der Telekopierer begann in die Leere hinein zu zischen: Irgendwo in der Welt schickte man eine Botschaft durch den Äther in Richtung Palasthotel. Oswald Clair verharrte in seiner Reglosigkeit, der Oberst lächelte ihn noch immer starr an, seine Augen waren bald mit unruhiger Ungeduld aufgeladen und erinnerten ein wenig an das Gesicht, das Titus macht, wenn Berenice ihren Text nicht mehr weiß.

– Monsieur Clair, Sie bewegen sich, wiederholte er mit eindringlicherer und argwöhnischerer Stimme.

– Ich bewege mich nirgendwo hin, sagte der Chiffreur ruhig. Ich will zunächst Garantien.

– Nun, Oswald, lächelte Veber sanftmütig. Wenn er Sie schon darum bittet.

Sein Gesicht hellte sich auf, er wandte sich dem Oberst zu, der sich im gleichen Moment verdüsterte, als verfügten sie zu zweit nur über ein einziges

Lächeln, ein richtiges, echtes, mehrere Zentimeter breites, aber zugleich derart flatterhaftes Lächeln, daß es unbekümmert von einem zum anderen flog: im Augenblick flatterte der Vogel in Richtung Osten.

– Es sieht so aus, als wollte er nicht, bemerkte Veber. Vielleicht will er lieber bleiben. Vielleicht wird auch die Dame bleiben wollen. Wer weiß.

– Die Kräfteverhältnisse stehen günstig für mich, plädierte der Oberst gereizt, merken Sie sich das. Wenn er nicht aus freien Stücken kommen will, dann machen wir es eben anders.

– Wo bleiben die Garantien, die er verlangt, fragte Veber kühl. Wo bleiben jetzt Ihre Kräfte? Der Doktor, nicht einmal seiner sind Sie sich sicher. Was bleibt Ihnen außer diesem Dilettanten und dem alten Maler?

Chopin reagiert nicht, er hat nichts gegen den Begriff des Dilettanten und findet, daß Veber wirklich gut informiert ist. Aber der Oberst zögert; da ihm keine Antwort gelingt, tut sich in seiner Gliederung eine neue Leere auf. Anhalten des Bildes: die durch den vorherrschenden Orientwind bewegten Zweige der nahen Bäume schlagen regelmäßig gegen die Fensterscheiben und ahmen das Motorengeräusch eines Projektionsapparats nach. Die Handlung nimmt wieder ihren Lauf, als sich die Tür der Suite erneut öffnet: dieses Mal ist es Doktor Belsunce, geschäftig, väterlich, beruhigend, wie damals, als er morgens im Krankenhaus Visite abhielt. Seine unabhängigen Augen grüßen alle gleichzeitig.

– Ich wollte mal nachschauen, erklärte er, sehen, ob

Sie klarkommen. Läuft denn alles wie Sie wollen, Oberst? Haben Sie die Situation im Griff?

– Mein Gott, sagte Seck, eine kleine Verstärkung wäre vielleicht nicht zu verachten. Wären Sie in dieser Sache eher auf meiner Seite, oder eher nicht?

Belsunce überlegte kurz. Dem scheint nichts zu widersprechen, schlußfolgerte er, während er in aller Ruhe aus seiner Innentasche eine automatische Unique zog. Der Oberst entspannte sich. Danke, Doktor.

– Gern geschehen, sagte der Arzt und überprüfte den seitlichen Sicherheitsverschluß des Geräts. Ich kann Ihnen das doch nicht abschlagen, nachdem Rappoport abtrünnig geworden ist.

– Das merke ich mir, Belsunce, meinte Veber säuerlich.

Seine Stimme hatte tonlos geklungen, sein Gesicht erstarrte. Das Flatterlächeln begann sich bei ihm zu langweilen, mit einem Flügelschlag durchquerte es den Raum: der Oberst spürte, wie es sanft zwischen seinen Mundwinkeln landete und sie zärtlich voneinander entfernte.

– Gut, sagte Veber mit leiser Stimme, verhandeln wir also. Es könnte in Frage kommen, unter bestimmten Bedingungen, ich habe sensible, ziemlich aktuelle Informationen, man müßte sehen. Sind Sie daran interessiert?

– Persönlich nicht allzu sehr, antwortete der Oberst, aber Ihr Vorschlag wird dem Oberflächenkomitee bestimmt sehr gefallen.

Er lachte, während er zusah, wie Veber ein Quentchen mehr erblaßte, und wandte sich dann dem Chiffreur zu.

– Und jetzt, Monsieur Clair, sagte er und senkte den Lauf seiner Waffe, überlassen Sie sich den Händen des Doktors. Sie werden alle Garantien erhalten. Sonst schieße ich auf einen Ihrer Füße und dann würden Sie sich ohnehin den Händen des Doktors überlassen müssen. Gut. Chopin, Sie kümmern sich um Veber.

– Womit, fragte Chopin. Womit soll ich mich um ihn kümmern?

– Haben Sie denn an nichts gedacht? entrüstete sich Seck. Haben Sie nichts bei sich? Also verflucht noch mal, Chopin, sind Sie nun Profi, oder was?

– Ich bin nur ein Techniker, erinnerte Chopin.

– Techniker, wiederholte der Oberst verächtlich. Schauen Sie Belsunce an, er hat wenigstens gleich dabei, was man braucht. Hätten Sie nicht vielleicht was für Chopin, Doktor?

– Tut mir leid, sagte Belsunce. Ich müßte in meinem Zimmer nachsehen, aber ich glaube nicht, daß wir allzu viel Zeit haben. Natürlich, wenn ich das gewußt hätte.

Ganz und gar bedient zog der Oberst aus seiner Tasche ein Paar Handschellen, die er neben die Austern legte. Nehmen Sie das fürs erste. Dann wühlte er in seiner Kleidung und suchte ganz nah an seinem Herzen eine winzige Kolibri mit einem Kolben aus rosafarbenem Perlmutt, die er Chopin widerstrebend hinstreckte; aus seinen sich vervielfachenden Empfehlungen war herauszuhören, daß er diese Automatik heiß und innig liebte. Es handelte sich um ein Andenken, nicht wahr, um ein kleines, zerbrechliches Ding, und der Abzug war ultrasensibel, man müßte also sehr aufpassen. Und natürlich, sie vor allem nicht fallen lassen, und *äußerst* vorsichtig laden, ohne den Abzug allzu sehr zu spannen, sonst verhunzt man die Feder. Und dann ist es wieder ein Riesentheater, um für dieses Modell Ersatzteile zu finden. Ginge es?

Chopin betrachtete verlegen die superflache Waffe. Sicher kann man auch mit einer 2,7 Leute töten, aber diese da war wirklich nicht ernst zu nehmen, es dürfte beim Schießen eher nach Gesichtspuder riechen. Sie ist sehr klein, sagte er, aber na ja. Es wird schon gehen. Gehen wir, sagte Oberst Seck.

Wohlgeordnet verließen sie den Raum: Oswald Clair schritt Belsunce voran, dessen Unique die rechte Tasche seiner Jacke ausbeulte, Suzy hinter ihnen, der Oberst beschloß den Zug. Dann wandte Chopin sich Veber zu, der besorgt wirkte, sprach beruhigend auf ihn ein und setzte dabei ein Krankenschwesterlächeln auf, als schwenke er Katheter und Kompressen anstelle der Handschellen und des Kolibris. Na gut, sagte er zu ihm, tut mir leid, aber ich werde Sie wohl ein wenig außer Gefecht setzen müssen. Ihre Handgelenke, wenn ich bitten darf. Ein bißchen die Ärmel hochkrempeln, sich schön entspannen und schwuppdiwupp, schon ist es passiert. Ausgezeichnet. Veber ließ es über sich ergehen, er war abwesend, tief verstört durch die Anspielung des Obersts auf das Oberflächenkomitee und durch das Abtrünnigwerden seines Chiffreurs, mit anderen Worten, seines Gedächtnisses, ganz zu schweigen vom unverantwortlichen Fernbleiben seiner Gorillas in solch einem Augenblick. All das sah ein wenig nach Ende der Karriere aus.

Einige Minuten später, als sich die Leibwachen nach dem vereinbarten Code ankündigten, plazierte sich Chopin hinter der Tür, die er öffnete, bevor er mit all seiner Kraft, den Kolben des Kolibris auf Rathenaus Hinterhauptknochen niedersausen ließ. Trotz seiner Freude darüber, daß der Helfershelfer sogleich zusammenstürzte, ließ ihn ein spontaner Skrupel einen Blick auf die kleine Waffe werfen, um zu überprüfen, ob der Schock das Perlmutt nicht allzu sehr beschädigt habe – ein Augenblick der Unaufmerksamkeit, den Perla nutzte, um sich auf ihn zu werfen.

Wenn es auch manchmal dazu kommt, daß man sich mit Frauen schlägt, die man liebt, ist es doch so, daß man mit den anderen weniger Gelegenheit dazu hat. Aber wenn es zu der Erfahrung kommt, ist sie nicht weniger verwirrend, dieser stürmische, ganz dichte Frauenkörper verwirrte Chopin, beraubte ihn um so mehr der Chance zu siegen, als Perla sich sehr fachmännisch schlug und im Nahkampf sehr viel besser ausgebildet war, als es für gewöhnlich die Herzliebsten sind. Bringen Sie ihn um, Perla, schrie Veber indessen, brechen Sie diesem Arsch das Rückgrat.

Rathenau hatte sich auf allen vieren aufgerichtet und massierte sich den Hinterkopf. So gut er konnte, versuchte Chopin eine Finte, entwischte einen Augenblick der perlenden Umklammerung, es gelang ihm, die junge Frau kraftvoll wegzustoßen, sie auf ihren Kollegen zu schleudern und über ihn stürzen zu lassen – ein wenig zu bereitwillig, wie es Chopin erschien, bevor er aus der offenstehenden Tür rannte.

– Was zum Teufel haben Sie denn die ganze Zeit

getrieben? zeterte der Generalsekretär und streckte Rathenau seine gefesselten Handgelenke entgegen.

– Wir haben das Mädchen gesucht, sagte Perla und stand auf. Wenn Sie sagen, wir sollen sie suchen, dann suchen wir sie.

– Sie sind unfähig, behauptete Veber bitter, Sie sind die Allerunfähigsten. Aber das merke ich mir, wiederholte er emphatisch, ich merke mir das alles. Nehmen Sie mir das ab, Rodion.

– Nicht gleich, sagte Rathenau. Wir warten noch ein wenig.

– Was ist denn plötzlich mit Ihnen los, Rodion, meinte Veber und erstarrte. Sind Sie nicht ganz bei Trost, oder was? Nehmen Sie mir gefälligst sofort dieses Ding ab. Also. Perla.

– Immer mit der Ruhe, sagte Perla, immer mit der Ruhe. Machen Sie sich keine Sorgen. Wir warten nur noch ein klein bißchen.

Sie ging zum Fenster, von wo aus sie, durch die Zweige der Bäume hindurch, die kleine Gruppe erkannte, die das Hotel umrundet hatte und jetzt, am ersten Bunker entlang, auf den Rasen des Golfplatzes zuging. Als Chopin sie rennend erreichte, sah sie, wie der Oberst die Hand ausstreckte, um seine heißgeliebte Kolibri in Empfang zu nehmen.

Minuziös untersuchte der Oberst die kleine Waffe, schnupperte daran, dann sagte er, na ja, gut. Es geht. Sie haben sie nicht benützen müssen? Praktisch nicht, sagte Chopin. Lebhaften Schrittes überquerten sie das glattrasierte Green in Richtung Pier. Sie geduldeten sich dort weniger als eine Minute; Chopin schaute auf

Suzy, der Oberst auf seine Patek-Philippe, Belsunce auf mehrere Dinge gleichzeitig und Suzy auf das Wasser des Sees und auf ihren Gatten, eines nach dem anderen. Zur Linken wurde das Schnarren einer Rassel hörbar, verstärkte sich, vergegenständlichte sich in dem von Mouezy-Eon gesteuerten Außenborder. Welcher manövrierte, um am Ponton anzulegen.

– Gehen Sie schon, sagte Oberst Seck, steigen Sie schnell ein, alle drei.

– Kommen Sie nicht mit? fragte Chopin.

– Nein, antwortete der Oberst. Mich geht das jetzt alles nichts mehr an.

Suzy stieg als erste auf das Achterdeck des Außenborders, Oswald Clair nahm neben ihr Platz, Chopin vor ihnen, neben Mouezy-Eon. Der Oberst drehte ihnen sogleich den Rücken zu, aber der Doktor winkte ihnen nach, als das Boot in Richtung anderes Seeufer losfuhr, dann kehrten die beiden zum Hotel zurück. Jetzt geht es, sagte Perla.

Rathenau nahm Veber die Handschellen ab und sagte, so, gehen wir. Sie verließen das Zimmer, dann betrat der Generalsekretär den Fahrstuhl, besiegt, gebückt, und halbherzig fragte er sich, wo er wohl das Zyankali hingetan habe. Sie verließen das Hotel, Veber folgte Perla und Rodion, die langsam die Stufen der Terrasse hinunterstiegen und sich dabei streckten und entspannten, wie nach einem Wettkampf. Belsunce zuckte zusammen, als er sie erblickte, und griff nach seiner Waffe.

– Lassen Sie, sagte der Oberst. Diese beiden da gehören jetzt mir.

25

Früher gab es hier keinen See, dies waren große Sandgruben, die man gefüllt hat. Man hat Wasser hineingetan, Boote darauf gesetzt, man hat ein bißchen Sand zurückbehalten, um einen Strand zu improvisieren, und nicht weit davon entfernt hat man ins Wasser einen Mast mit breitem Durchmesser gepflanzt, der vor Sprungbrettern, Plattformen und Metalleitern strotzt und wie ein weißgestrichener Bohrturm aussieht. Im nächsten Sommer werden die Tretboote schweben, die Surfbretter gleiten und die Paddler keuchen; jeden Abend wird eines der Boote, halb im Wasser versunken, im großen Finale der Dämmerung die Rolle der Kontraoktave spielen, aber so weit sind wir noch nicht. Im Augenblick ist es Frühlingsanfang, die Teestunde geht zu Ende, der Himmel hat sich aufgeklart. Wie ein Seiltänzer auf der ausgezackten Linie des Horizonts ergießt die Sonne eimerweise Zinnober in das eisige Wasser des künstlichen Sees.

Während der Überfahrt wandte sich Chopin kein einziges Mal um, weder zum Palasthotel, noch zu den Clairs, die schweigend hinter ihm saßen. Das Lenken des Außenborders paßte nicht sehr gut zu Mouezy-Eon, er war überhaupt nicht dafür angezogen, im übrigen war sein Fahrstil derselbe wie am Steuer des R8, nur daß er den Kahn wie von der Tarantel gestochen fuhr, als wollte er sich seiner so schnell wie möglich entledigen.

Man näherte sich folglich sehr schnell der anderen Seite des Sees, wo der Freizeitpark mit seinem artig zur Seite gekämmten Rasen aussah, als sei er Opfer einer heftigen Wachstumskrise, als werde er von der Unverhältnismäßigkeit seiner Fläche geplagt und als fühle er sich unwohl in diesem zu neuen, zu großen grünen Anzug, wie ein wohlerzogener junger Riese, der nicht weiß, was er mit seinem Körper anfangen soll. Während der Woche wurde er um diese Uhrzeit von niemandem aufgesucht, außer von drei Dauerläufern, die sich verfolgten, ohne sich anzusehen, verschwanden und hin und wieder zwischen den von Bäumchen markierten Erhebungen auftauchten. Reinlich, einfarbig und wohlgeordnet, wirkt diese Szenerie ebenso unecht wie eine bemalte Leinwand oder eine Rückprojektion, die einzigen konkreten Reliefs darin waren ein sehr langer, schwarzer Wagen, der steil abschüssig, nicht weit vom Ufer entfernt geparkt war – und die Silhouette eines mageren und matten Mannes, die reglos am Wasser stand, auf einem primitiven Anlegesystem, einem dicken Eisenring, eingelassen in einen Betonvorsprung.

Einige Meter vom Ufer entfernt reichte Mouezy-Eon Chopin eine Seilrolle, die er der Silhouette zuschleuderte. Diese ergriff, schräg gebeugt, das Seil, das sie durch den Ring führte, bevor sie das Boot heranzog, um dann Chopin das Seil wieder zuzuwerfen. Oswald Clair sprang ans Ufer, noch bevor man völlig angelegt hatte, entfernte sich dann eiligen Schrittes, als kenne er den Weg, Suzy lief neben ihm, leicht zurückversetzt. Chopin befestigte das Seil an einem Pflock und schaute zu, wie sie sich dem schwarzen Auto näherten: Oswald drehte sich kurz zu Suzy um, sprach ein paar Worte und klopfte dabei leicht auf eine seiner Jackentaschen, sie antwortete mit einem eisigen Lächeln, das Chopin nicht kannte. Mouezy-Eon stellte den Motor ab.

– Gehen wir, sagte er und hievte sich vorsichtig aus dem Außenborder.

Wir Westeuropäer sehen nur äußerst selten Autos, die so groß sind wie dieser lange, schwarze Wagen; solche Modelle würden natürlich auf unseren kleinen Territorien zu viel Platz einnehmen. Man muß die riesigen Flächen jenseits des Atlantiks oder des Dnjepr absuchen, um Limousinen dieses Formats zu entdekken, die eine Arbeiterelite auf den Montagebändern bei Zil oder Buick sorgfältig zusammensetzt. Auf jeder Seite öffneten sich drei Türen mit Rauchglas vor drei Sitzreihen aus perlgrauem Leder, kurze, ausgeklügelte und an den Kotflügeln befestigte Antennen ermöglichten es, alle Hertzsignale der Welt zu empfangen, und problemlos hätte man zu dreizehnt um die Motorhaube herum dinieren können; Chopin hatte seinerseits noch nie ein solches Fahrzeug im Pariser Becken gesehen. Er folgte Mouezy-Eon in seine Richtung, die kantige Silhouette zog einige Meter hinter ihnen ihr Bein nach sich.

Den Mann, mit dem Oswald Clair durch die herabgelassene Scheibe sprach und der auf einem Sitz der Mittelreihe saß, hatte Chopin noch nie gesehen. Es war ein Sechzigjähriger mit schmächtiger Konstitution, der in einem grauen Anzug ertrank, dessen Farbe mit der seines Sessels verschwamm, er schien weniger zu sitzen, als in seinem Sessel versunken, von ihm so einverleibt zu sein, daß nur noch sein Gesicht mit den kleinen, lebhaften Augen und den schmalen Lippen daraus hervortauchte – und selbst seine zarten Hände wirkten als seien sie Bestandteil des Sitzes, herabgeklappte Armlehnen gewissermaßen, die jeden Augenblick damit rechneten, wieder hochgeklappt zu werden. Die gelbe Gauloise, die am Ende seiner Finger einen grauen Rauchfaden entließ, sah aus, als verzehrte sie sich ganz allein, als habe man sie im eingebauten Aschenbecher am Ende der Armlehne vergessen.

Als Chopin, gefolgt von Mouezy-Eon und der Silhouette, die sich sogleich hinters Steuer setzte, den Wagen erreichte, war Oswald Clair dabei, einen winzig kleinen Gegenstand aus seiner Tasche zu ziehen, den er dem im Wagen sitzenden Mann hinstreckte.

– Das Wesentliche ist da drin, sagte er. Natürlich konnte ich unter diesen Bedingungen nicht alles mitnehmen.

Chopin erkannte nicht die genaue Form des Objekts, das Suzys Gatte hinstreckte, aber es war wirklich winzig, genauso klein wie die drei Aktenwände dick waren, die der Überläufer sechs Jahre zuvor entführt hatte.

– Die Normen, frage Maryland. Ich hoffe, Sie konnten sich die Normen verschaffen.

– Die drei Versionen, bestätigte Clair, mit den Korrekturen von Ratine und dem Boyadjian-Memorandum. Sie finden darin auch die Versammlungsprotokolle der Gruppe Technik und Vorsorge, und die meisten ihrer Berichte an das Oberflächenkomitee.

– Das Oberflächenkomitee, Maryland erwähnte es mit Wehmut. Wenn ich doch bloß etwas darüber erfahren könnte.

– Ich habe ihre internen Synthesen. Aus vier Jahren.

– Was, wunderte sich Maryland, sie haben Sie auch damit gehen lassen?

– Machen Sie sich keine Illusionen, sagte Clair, das paßt ihnen ins Konzept. Wenn es so aussieht, als nähme ich echte Dokumente mit, können Sie Veber um so mehr verheizen. Bis auf das Komitee weiß niemand, daß diese Information nicht mehr sehr sensibel sind. Sie hatten ohnehin seit langem vor, ihre Logistik zu ändern, folglich ist es ihnen scheißegal. Das ist alles nur noch sehr bedingt von Interesse.

Die drei Dauerläufer tauchten wieder auf, keuchend wie prähistorische Pferde; der eine trug ein Stirnband, der zweite einen Walkman, der dritte nur ein weißes Short; Clair wartete, bis sie vorbei waren, und fuhr dann fort:

– Die Jasper-Akte, erinnern Sie sich noch daran? Auch sie habe ich.

– Wir hatten sie schon, meinte Maryland bescheiden. Wir haben sie.

– Es ist die falsche, diejenige, die Sie haben. Sie haben sie über Morse erhalten, nicht wahr?

– Mein Gott, ja, sagte Maryland. Mir scheint, daß Morse. Warten Sie einen Moment. Sie wollen doch nicht etwa sagen, daß Morse?

Clair antwortete nicht.

– Großer Gott, überlegte Maryland, der kleine Morse. Also er. Ich, der ihm. Haben Sie andere Namen?

– Einige, und dazu noch einige kleine Dinge, einige Listen.

– Schon gut, sagte Maryland und drückte seine Zigarette aus, schon gut. Wir werden das alles beim

Debriefing der Reihe nach durchgehen. Steigen Sie ein. Steigen Sie alle ein.

Man teilte sich die Plätze im Wagen: Suzy vorn, neben dem Fahrer, Chopin hinten, neben Mouezy-Eon. Clair hatte sich neben Maryland gesetzt, in die mittlere Reihe, wo sie begannen, die Operation zu kommentieren.

– Und schließlich, sagte Clair, werden Sie im gleichen Atemzug auch noch den Oberst los.

– Es stimmt, daß er ein bißchen zu viel des Guten tat, gab Maryland zu. Aber vor allem bestand er ja selbst darauf, nicht wahr, er will sich ja schon seit geraumer Zeit verabschieden.

– Es berührt mich irgendwie, daß sie mich gegen ihn austauschen, meinte Clair, offenkundig bewegt. Er wird mit Veber zurückkehren, nehme ich an. Es wäre lustig, wenn er seine Stelle bekäme. Es sei denn, daß sie auch ihn loswerden wollen.

– Sie werden nicht so sehr gegen Seck ausgetauscht, präzisierte Maryland, sondern gegen Vebers Liquidierung. Und der Oberst wird sich schon aus der Affäre ziehen, machen Sie sich keine Sorgen. Ich habe ihn in den fünfziger Jahren kennengelernt, an der Patrice-Lumumba-Universität, er zog sich schon damals sehr gut aus der Affäre.

Die Limousine durchquerte die suburbanen Gegenden in Richtung Paris, Chopin hörte dem Dialog der Bosse nicht mehr zu. Neben ihm schwieg Mouezy-Eon, der aus der Tiefe seines beigen Mantels einen Zeichenblock hervorgeholt hatte und kleine Momentaufnahmen dieser oder jener Perspektive der vorbeiziehenden Landschaft skizzierte. Chopin fragte sich, wie es ihm wohl gelang, in dieser Szenerie seine Motive auszuwählen: in der scheinbaren Verschiedenartigkeit der Vororte erschien alles von gleichem Gewicht, von gleichem Geschmack bestimmt, nichts als fade Formen ohne Format, alles war verschwommen. Chopin schaute ohnehin auf nichts mehr, er grübelte ein wenig über seine Rolle als Rädchen im Getriebe, als Statist, kurzsichtig wie ein im heimischen Boden vergrabener Maulwurf. Endlich war man in Paris.

In der Rue de Rome hatten die Arbeiter der Spiegelfabrik soeben Glasbruch auf einen Kipplaster geladen, der sich entfernte, und ein dämmriges Kaleidoskop auf die Fassaden warf, als der schwarze Wagen vor Suzys Haus hielt. Bis Morgen, im Büro, sagte Maryland zu Clair, und Ihnen, Madame, meine Empfehlungen und meinen besten Dank. Sie antwortete nicht, das Paar stieg aus, ohne wen auch immer eines Blickes zu würdigen. Nach links, Vito, sagte Maryland, bevor er sich Chopin zuwandte. Wo sollen wir Sie absetzen?

Auf der ganzen Strecke zwischen dem Boulevard de Courcelles und der Place des Ternes versuchte Chopin vorwegzunehmen, was dieser Abend ihm wohl bescheren würde, allein neben seinem Fenster. Eine Konservenbüchse und ein wenig Sisyra fuscata, dann ein Fernsehfilm, Marianne, die der Nation eine gute Nacht wünschen würde, und irgendwann geht man dann doch schlafen. Und am nächsten Tag die übliche Post, die Werbezettel und Broschüren, die Ansichtskarte: der Ozean auf der einen Seite, auf der anderen ein kurzer Text: Warte auf mich. Suzy.

– Schon gut, sagte er. Setzen Sie mich da ab.

Verlagsgemeinschaft Ernst Klett Verlag –
J. G. Cotta'sche Buchhandlung
Die Originalausgabe erschien unter dem Titel
»Lac« bei den Éditions de Minuit, Paris

Printed in Germany
Schutzumschlag: Klett-Cotta-Design
Gesetzt aus der Century
von Steffen Hahn, Kornwestheim
Gedruckt auf holzfreiem und säurefreiem Werkdruckpapier
und gebunden von Röck, Weinsberg
Zweite Auflage, 1992

Die Deutsche Bibliothek – CIP-Einheitsaufnahme

Echenoz, Jean:
See / Jean Echenoz. Aus dem Franz. von Christiane Baumann
und Gisela Lerch. – 2. Aufl. – Stuttgart: Klett-Cotta, 1992
Einheitssacht.: Lac <dt.>
ISBN 3-608-95361-2